半边翅膀

陈媛 著

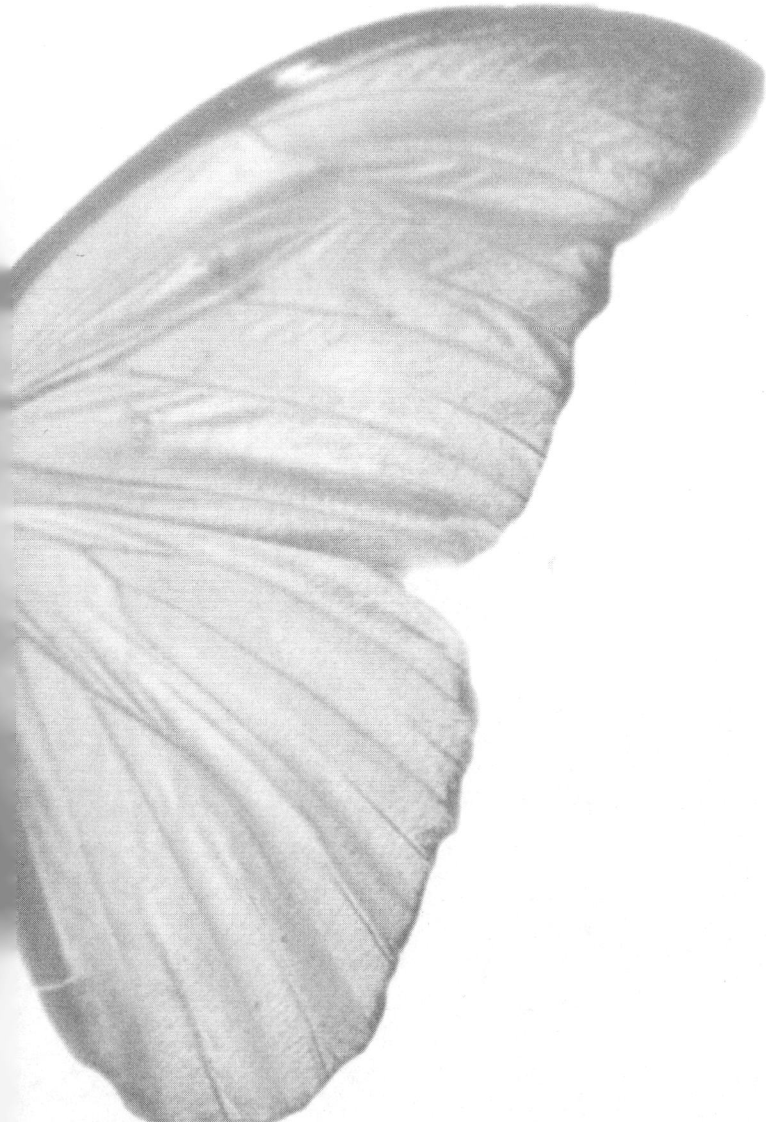

华夏出版社
HUAXIA PUBLISHING HOUSE

目 录

接受痛苦，救己济世 / 001

第一章　地狱到天堂的距离 / 001

考试作文得零分 / 002
都看不懂我的"甲骨文" / 005
将辍学的痛，刻进日记里 / 008
眼光都会刺伤我 / 011
一天之隔，竟是天差地别 / 014
咦，为什么不能用电脑？ / 017
开始用电脑打字 / 020
书店，是我的避难所 / 023
与散文《提醒幸福》邂逅 / 026
一边看书，一边查字典 / 029
爸爸，你能把废纸板留给我吗？ / 032

第二章　脑瘫这个鬼的怪模样——痉挛 / 035

我会被你吓成精神病的 / 036

你的牙齿不能碰碗吗？ / 040
可以慢一点吗？ / 042
刷牙，就会把嘴戳出血 / 045
碗，五十元一个，摔坏了就得赔 / 047

第三章　失语的小丑 / 051

街头问路，却无人能回答 / 052
怎么请个"傻子"来看店 / 055
外星人的语言 / 058
我要下车，请让我下车啊！ / 061
吼山 / 064
请不要挂我的电话好吗？ / 067
人生中的第一次演讲 / 070
用全民 K 歌练习发声 / 073
独闯出版社 / 076
为自己争取的一次演讲 / 079
大学校园里的演讲 / 082
谢谢，成了我们彼此的语言 / 085
花好美，笑好甜 / 088

第四章　来，我们端起酒杯干杯 / 091

我竟端不稳一杯水 / 092
妈妈，为一个电视剧的情节流泪 / 094
怎样才能端稳一杯水 / 096

端着水杯练习走路 / 098
我可以端水给妈妈吃药了 / 100
来吧，我们干杯！ / 103

第五章　脑瘫错乱了我的年华 / 105

二十岁，妈妈竟给我买儿童裤 / 106
叫姐姐？应该叫阿姨吧！ / 108
宝贝，叫阿姨 / 111
网络，还原了真实的灵魂 / 113
妈妈给我买了一条成人裤 / 116

第六章　傻样，禁锢了我真实的灵魂 / 119

傻子、傻子，你就是一个傻子 / 120
我们的傻大姐来咯 / 123
记者怎么都来采访你了 / 126
我在电视上看见你女儿了 / 129
也许，奶奶会在云上微笑 / 132
妈妈赐我的笔名——蚁蝶 / 135

第七章　对着镜子里的自己微笑 / 137

荧屏里的那个人是自己吗？ / 138
与镜子里的自己对峙 / 141
给自己掀开的一点点曙光 / 143

人生最大的敌人——自己 / 145
从歌曲《自己》找回自己 / 147
我会勇敢坚持自己 / 150

第八章　将爱情塞进漂流瓶，扔进大海 / 153

你是癞蛤蟆想吃天鹅肉 / 154
他们问我，你凭什么被爱 / 157
我的爱情被轻易玷污了 / 160
新人台上飞泪，我在台下飞泪 / 163
将爱的祈愿，写进小说里 / 166
我遇到了爱情 / 169
飘过我爱情天空的温暖的云 / 171
我想扔一个漂流瓶给大海 / 174

第九章　梦被震碎，如蜗牛般追梦 / 177

家没了，梦何在 / 178
这"烂尾楼"，曾经是我的家 / 181
躲进厕所里记日记 / 184
寒夜里，远方声音温暖陪伴 / 187
人生中第一次当志愿者 / 189
为自己寻得安静写作空间 / 192
远方来的志愿者 / 195
像蜗牛样，一步一步向梦想爬 / 198

第十章　黑暗的深渊洒进一束光 / 201

内心彻底塌陷 / 202
跌进了绝望的沼泽 / 205
轻生会到地狱，奶奶却在天堂 / 208
如果你妈妈看见你的遗体 / 211
活下去的五个理由 / 214
为自己重新插上隐形的翅膀 / 217

第十一章　荣光 / 221

我的新书出版了 / 222
带着新书，去祭奠奶奶 / 225
爱之光芒 / 228
谢谢你，为我撑伞的陌生人 / 231
传递圣火 / 234
荣光 / 237

后记——黎明之光 / 240

接受痛苦，救己济世

多年以前，我特意去都江堰，去看望我的脑瘫学生陈媛。在她的家里，我看到这样惊险的一幕：陈媛和她的母亲一前一后向我走过来，突然之间，陈媛大叫一声，明显是要跌倒。她的母亲飞一般从后面冲过来扶住陈媛，两个人扑通一声全倒在地上，花了一些时间挣扎起来时，两个人哈哈大笑……

这样的一幕，让作为客人的我瞠目结舌。我突然意识到，这可能是她们生活中非常常见的一幕，而对于陈媛来讲，生活可能就是一次次摔倒、起来、哈哈大笑……

第二个印象深刻的场景，是在都江堰一条奔涌的大江旁边。在那里，有一个沿着江岸展开的不大的露天茶室，我和陈媛面对面坐着（她坐在轮椅上），商量她的第二本书的创作。

在这之前，她已经出版了个人自传《云上的奶奶》。书中讲述一个奶奶如何不惧嘲笑，克服各种阻碍，帮助脑瘫孙女求学成长的故事。那本书我指导了很多年，但在指导的时候，我就知道它只是一个序幕，而我真正要指导的是另外一本书，

大江江涛的声音非常大，我需要喊着，对面一米处的陈媛才能听清楚。我对她讲："你需要完成第二本书——更有价值的一本书。在这本书里，要将所有脑瘫孩子成长过程中遇到的烦恼、痛苦全都呈现出来。拥有这样一本书，脑瘫的孩子无论遇到什么样的问题，都能迎刃而解。我期待这本书已经很多年。"

为什么让陈嫒写这样一本书？

我们想象一下，一个脑瘫的孩子，她说话不清楚，手指变形无法伸直，走路一瘸一拐，说话的时候面部表情有些扭曲，家人不愿把她带到大街上，但是她的所有思维、思想都是健全的。这样一个状态，她的一生会遇到多少烦恼啊！尤其对一个脑瘫女孩来讲，还有天生的对美的追求……

之后，我开始对她进行两年的指导。

在陈嫒书稿的目录中，有这么一个标题：我可以端水给妈妈吃药了。仅仅通过一个标题，我们就能知道她几十年来的辛苦。而她，不但克服了这些，还创造了以下的成绩：

她用一两根手指完成了十几万字的自传创作；她克服巨大的心理障碍，去许多地方公开演讲，她演讲的时候速度很慢，每个字都用尽全身的力气；她居然去学习大学社工课程，并且顺利毕业；她已经在社区为需要的人提供公益心理支持；她还和母亲一起去过全国很多地方，包括高山、高原，她坐着轮椅，母亲推着她，两人相互鼓励。

最重要的是，她已经可以和她的母亲，在那样一个客厅里猝不及防摔倒后哈哈大笑……

指导她写这本书时，我甚至对陈嫒下了"命令"，让她必须在两年之内把这本书完成。因为，全国几百万脑瘫患者，他们都在等待着这本书。而今天，陈嫒这本书终于问世了！

有的时候，我特别感慨，一个人经历了生命中无数的烦恼、痛苦和苦难，而他如果能够走出来，如果能有好的文笔，如果能有坚强的意志，他就可以强力地在心理层面帮助这个群体。这几乎是一个公式，是一个规律，是生命在遭遇磨难的某一时刻注定拥有价值、必然拥有价值的人生铁律！

在这个世间，每个人的生命都有不同的活法。但的确有一种人，他们承受痛苦是因为无法不去承受这种痛苦，是因为他们必须要走出这种痛苦，是因为他们要让这种痛苦从痛苦变成文字、从文字变成力量、从自己的力量变成几百万人的力量。

我相信，如果陈媛没有脑瘫这样一个病，可能她也不会写这样一本书。甚至，在她心里可能会想：我宁可不当作家，我也想拥有一个健康的人可以轻易拥有的——行走权利、爱美权利、婚恋权利。但人生就是这样，可能，有些事情你无法选择，有些事情生来如此。有些人穷尽一生，并不是要去获得普通的生活，而是无条件地接受现状，然后无极限地去改变自己，之后，无穷尽地去改变同样的人。这是生而痛苦所衍生的生而改变，这是生命最有魅力的、最为壮观的进化。

序言写到这里，我再次想起了都江堰轰隆的、奔腾的江水以及大江旁边"安静地"听着我的建议的陈媛。那种安静、那种平静，和奔腾的江水形成强烈的反差。这是人生最奇妙的一种景象：面对滔天的痛苦，静静地坐在那里，说这样一句话：

所有的痛苦，都来吧！我们携手，创造毁灭你的力量。

张大诺

中央电视台"中国好书"获奖作家，本书指导老师

第一章

地狱到天堂的距离

考试作文得零分

"抓紧时间,还有二十分钟就要交卷了。"我正趴在课桌上,手握着钢笔以最快的速度答题,讲台上监考老师的声音就响起了。随后我迅速翻看了自己的卷子,卷子以三分之二的空白回报了我的眼睛。这时,我的心下意识往下沉,我又不能不在规定的时间交卷。这时,我在心里狠狠地告诉自己:"星汐,快点写,写快一点。"我清楚地感觉到我越着急,我就越写不快字,而卷子上的字在自我的催促下越来越难看;不仅仅如此,这只手还故意跟我作对,因运动神经受损,我根本就控制不好力道,我眼睁睁看着笔"哧"一下就把卷子戳烂了。所以我的卷子多了很多这样的划痕,甚至出现了那种被笔尖把纸直接刮掉了的小洞。

就算我紧赶慢赶,下课铃声还是响了。我也不管,继续写,当我抬头看见教室里瞬间就空空荡荡,监考老师盯着我说:"你还要做多久?"他的声音从讲台上传来。

"等一下,马上。"我都不知道我还可以用什么样的词汇拖住那位老师。没过多久,我听见有脚步声靠近了我。

"好了,好了,时间早就到了,我都等你半天了。你还想做多久呢?"监考老师走到我课桌边,一边拉我的卷子一边说。我的卷子就这样还没做完就被拿走了。

我坐在自己的位置上两只手愤恨地握着拳头。这次,我又不知道能考多少分。管它多少分,我是先把作文写完了,那些大题我也是基本写完了的。虽然还有一些题没有做，这次语文成绩最少也该有七八十分……

期末发卷子的时间到了，眼看着同学们传卷子下来，我的心里有点激动，我有点想看到卷子，又有些害怕看到卷子。我远远地就看到我的卷子，我的卷子就跟我的人一样好认，那张被我的笔尖戳得满是大洞、小洞的就是我的卷子。这张被戳得破破烂烂的卷子终于到了我的面前。

60分！当我拿到了自己的卷子的时候，清清楚楚看见卷子上写着60分。我赶紧把卷子翻到有作文的那一面，看见我用那猫抓一样的笔迹写满的作文上画了一个大大的零，此时我的脑子里咚一下闪出一个零。零分，我的作文怎么会是零分？这时，我的心瞬间下沉，我身体里的火又冲上来了，我怎么也想不到我的作文会是零分。我又认认真真看看我的试卷上的作文。留给学生写作文的那面纸的确是让我用那猫抓一样的字迹给填满了，我认为自己这篇作文怎么也可以得20分。但是，就连我自己若不贴近卷子一个字一个字地看，都看不清卷子上的作文到底写了些什么字。倒是卷子上那些被我用笔尖戳出的小洞洞却那么一目了然。

我拿着那张卷子，我的手因情绪激动有些微微地抖，我双眉紧蹙地盯着那个卷子。这怎么回去见我的家人，怎么见我的奶奶。我平时最差的成绩都在90分以上，这次看见卷子上那用个鲜红的笔画的60分，我到底要怎么去跟奶奶交差。我想到这儿就感觉内心很沉重。

有些事，该来的是躲不掉的，我还是回到了成都奶奶家。有一天，奶奶在那择菜，她嘴角挂着微笑地问："云星汐，你这次考了多少分？"听到奶奶的问话，我脑子里想起那张布满了丑陋难辨的字迹、被我戳得洞洞眼眼的卷子，还有上面那刺眼的60分！我愣在那儿了，在想我要怎么告诉奶奶我这次的语文才考了60分。我站在那迟疑着，这时心里冒出了一个声音："你不告诉你奶奶，还想怎样？改分？以你那只颤抖的手写出的像蚯蚓爬过的笔迹，你就算改了分，也会露出痕迹。"

于是我只能皱着眉头，心也跟着缩到了一块，我拿着卷子轻轻往奶奶跟前一放。

"什么，才60分，这次你才考了60分！"奶奶眉头紧蹙，一脸严肃地问我。

我听了奶奶的话，心里一阵难受和委屈，我想跟奶奶解释：我之所以才考了这么一点分，是因为老师看不清楚我的字。我拿着这张卷子真有种哭笑不得的感觉，因为卷子上明明有好多答案是正确的，却因为这上面糟糕的字迹给判错了。

"这是为什么呢？"我在心里暗自问。

"这，你自己还不清楚吗？这完全是批卷子的老师不熟悉你的字迹，明明正确的答案都给你判错了呗。"我心里另一个声音在回答。

都看不懂我的"甲骨文"

我坐在自己书桌前,拉开了抽屉,抽屉里都是课本。我看见那些课本,一种抑制不住的忧伤袭上心头。因为我已经辍学半个多月了。抽屉里放着我最后学生生涯用过的书本,我的眼睛不自觉地瞄到了我初中时用过的作业本,当然也有我用过的作文本。从那些本子上,我还可以寻见曾经追寻北大梦的自己,现在辍学对我而言无疑是从天堂跌入了地狱。这个时候,我很想去抓住点什么,哪怕这个东西只能给我一点点心理安慰。我很想好好欣赏作文本那一篇篇作文,因为只有从这些字里行间,才能感受到我曾经确实在学校里待过。

在我的抽屉旁边卧着一个黄色的信封,于是我又想打开这封信来读一读,也许这能让我糟糕绝望的心情稍微缓解一点。我打开这封信,在信的开头看见了这样的话:

星汐:

见信好!

你的信,我是收到了。但是有一个问题我不得不对你提,你的信写的是什么啊?说实话,我越来越看不懂你的信,你信里的内容一大部分都是我连读带猜才勉强懂的……

就这几句话把我心里的怒火给彻底点燃了,我在心里怨怼自己,为什么就写不出像别人一样秀丽的字。我看了看这封信上的字,然后又看了看自己以前作业本上那一个个用很大的劲才刻在纸上的字,那一页页被我用钢笔划烂、戳得洞洞眼眼的作业本。这时我的双手握成了拳头,身体也因委屈、屈辱、愤恨这些负面的情绪扭到了一起,我的头低得直接压到了手臂上。

这时,我无可逃避地看到了那些课本,一种更深的绝望和更大的悲伤袭击了我。那些课本好像在故意提醒我,如果不是我的手无法写出清楚的字,那么我是绝对不会走到辍学这条路上来的。

这个时候,我的耳边突然响起了一个非常清晰的声音:"事实之所以残酷,就因为它没有如果。事实就是,你是一个先天性脑瘫患者,脑瘫患者!"当这个声音说到这的时候,它突然很猛烈地撞击了我的耳膜,也撞击了我的心!这个讨厌的声音还在我的耳边继续响着:"因为这个病,你就是控制不好自己颤抖的双手,颤抖的手就是写不出普通人能够认清的字,连能让人认清的字都写不了,写一手秀丽的字对你更是不可能的事!那是奢望!"听了心里蹦出的这个声音,我憋了好久的眼泪,在这一刻哗哗流了下来。那一滴滴泪水瞬间就把我的课本给打湿了,这时我才清楚地意识到我的学习生涯、我的北大梦统统都被这些猫抓一样的字给毁了,被这只颤抖的手给毁了,被我患的脑瘫这种病给毁了。

想到这,我内心的绝望和愤怒交织到了一起。我突然收住了悲伤,眼睛因巨大的愤怒瞪得圆圆的,在这一刻,我的手突然又像很有力一样抓起抽屉里的一本又一本的书,不管不顾把书摔到地上。我清楚地听到那一本本课本被我摔出去,我又听见那一本本书砸到墙上,又被反作用力给摔到地上。等我把抽屉里的课本统统都摔完了的时候,愤恨地甚至是有些变态地扭转过身体,用一种冷漠的眼光看着那些被我乱七八糟摔了一地的书。

然后,我有些麻木地从椅子上站起来,找了一个靠墙的地方坐下了。这个时候,我突然感觉到一股刺骨的寒冷从腿窜到了上身。好像这样还不过瘾,身体里翻滚的愤怒又让我颤抖、摇晃着双手去捡起了一本书,然后又把它狠狠地丢了出去。直到我没有了力气,我坐在那儿,用冷漠的眼光看着被我丢了一地的书。

当我正在巡视这一地的书的时候,我突然看见了那本被我摔到墙角立着翻开的作文本。虽然泪眼模糊,我却又无可逃避地看见了刻在那本子上像猫抓一样的难看的字迹。它仿佛在嘲笑我:"你扔我干吗?你就是把我扔得再远,你写的字也永远还是像猫抓一样难看,还是没人认得你的字,考试你就算答对了所有试题,还是没有人能够看清你的字迹,你考试还是会不及格,你的作文还是会得零分。你跟人写信,别人还是会看不清你的字……"

这一刻,我再也忍不住了,就那样坐在地上撕心裂肺哭开了。因妈妈去上班了,家里除了我再无其他人,整个家里回荡着我绝望、无助、迷茫的哭声……

将辍学的痛，刻进日记里

这天晚上，我一个人坐在书房里，翻开了那本被我猫抓一样的字迹刻满的日记本。当把这个日记本摆在桌面上的时候，我就想哭，因为这本日记本是我刚上初中的时候买的，已经用了三分之一。

说是日记，其实我更愿意叫它"心记"。上初中课程多，我写字又那么艰难，哪有时间去写日记。只有在心里特别苦闷的时候，才会把心里的苦闷记下来。

这本日记前一页还记录了我的学生生涯，后一页却……

我用那只颤抖的手翻开了日记本，用笔在日记本上刻上："也许，从现在开始我就真正结束了我的学生生涯，七年的学生生涯让我尝尽了酸甜苦辣。是的，我已经不能回到那里去了。的确，我没有资格在那里待下去了，我在老师的眼里不能算一个好学生，我在他们眼里连一个智力健全的人都算不上。至于同学们，在他们眼里我只是一个傻子、一个瓜儿，在那，我失去了自尊，失去了自信……"我坐在昏暗的灯光下，伏在我的书桌上，怀着伤感写着这些话。我艰难地将一个字一个字刻在日记本上，我的泪水带着厚重的悲伤和屈辱一滴一滴洒到了我的日记本上。我抬起了头，轻而快速地抹去了眼泪，然后又在笔记本上写道："昨天，我又鼓起勇气，给彭老师打电话了，本来我不该打电话的，但是，我就是控制不住自己去想她……

"我真的搞不懂为什么连我的家人，都反对我在学校里学习。我辍学了，这一下，我应该怎么办？家人强烈反对我继续在学校念书，这让我不能理解。

只有我的亲爱的奶奶一个人支持我读书。那些支持我退学的人，难道他们会养我吗？就算现在会养我，他们能养我一辈子吗？他们终有一天会先我而去，到那个时候，我又应该怎么办？如果到那个时候，沦落到连生活都不保，我又能找谁来负这个责任，谁又会主动出来弥补我现在所遭受的痛苦。"我写到这的时候突然停下来了，因为我的手已经写得很累、很累了。

为了写日记能有个相对安静的环境，我故意把书房的门关了。这会儿，房间很安静，此时的我，就需要这样一个安静的环境。我需要把所有的屈辱、伤感、绝望都释放到这个房间里，并将它们关在这个房间里。

我停住了笔，头转向灯光照不到的地方，故意将自己的眼光投到那黑暗的犄角旮旯，好像那黑暗跟我现在悲伤、绝望的心境很契合。当人处在绝望里痛到无所适从的时候，宁愿让自己沉浸在悲伤里，我现在就处在这样的状况里。

这时，我的耳边又回响起了我刚才刻在笔记本上的那两句话："我辍学了，这一下，我应该怎么办……"在我的心里有一个更清晰、更理智的声音在告诉我："那些支持我退学的人，他们意识到的只是当下的现实，我就是一个脑瘫患者，手因为写字困难跟不上学习进度。以这样糟糕的状况，退学对我而言是必然的！""退学是必然的！"我非常清楚地听到这个声音从黑暗深处响起……

"为什么就是必然，为什么我非得辍学！为什么我要患脑瘫这样的病，它到底是一个什么鬼？"我盯着那黑暗的角落，深深地在心里问着。与此同时，因被极度绝望、愤怒的情绪牵制着，我突然双手抓起桌上的日记本狠命地一摔，眼睁睁地看着我的日记本因摔得过猛在桌子上跳起来了，我就那样有些病态地看它在桌子上跳了两下，然后又摔到桌子下面去了。

然后，我又有些愤恨地站了起来，跌跌撞撞蹭了两步，把摔到桌下的日记本捡起来，又坐在那发呆。这个房间除了我自己就没有别人，而此时的我因辍学被厚厚的绝望和悲伤包围着，觉得特别地孤单。我有些木讷地盯着眼前的灯光……

  我就是把那个灯光盯得再久，我也想不明白——我为什么就会无可逃避地跌到这个结局。当我在那思索的时候，总是无可逃避地回忆起我曾经在学校的旧时光。于是，我又眼含着泪，颤抖着在日记本上写道："想起以前和老师、同学们在一起的时光还真的挺留恋的，但想到我在学校遭遇的种种屈辱和冷漠，我不得不做出这样的选择，我是被很多无形的力量给逼出了学校的……"我握着笔在日记本上写着、画着、刻着，眼泪也时不时跟着流着……

眼光都会刺伤我

妈妈见我被辍学的打击折磨得实在太痛苦了,她就以"赶"的形式让我再次走出了家门。上一次走出家门,我还是个学生,我的大学梦还在我的手里;这一次走出家门,我就辍学了。辍学了!这三个字在我的心里深深地响着。走了一段路,觉得有些累了,我就停下来了。我有些木讷地看着眼前的街景,街上行人和车都依然按着他们各自的节奏走着。我此时正站在一个十字路口上,我看着街上的车和行人,他们就那样朝各自的方向向四方川流,而我站在那仿若迷路的羔羊……

"我该往哪儿走?"我站在那儿问自己。

不知道,我真的不知道应该往哪儿走。记得,我刚踏进小学时,爸爸就语重心长地告诉我:"你现在上学了,因为身体缺陷你得好好努力,将来考个好大学,找个好工作,那样有可能有出路……"父亲的这句话一直陪伴了我七年。

街口的红绿灯在我思索时也不知道变换了多少遍,直到一声刺耳的喇叭声在我身后响起,又一次绿灯亮了,我随着大批的人本能地朝奶奶家的那个方向走去。

我走着、走着,突然感觉鼻子那儿湿漉漉的,随手一抹,流鼻血了。我快速地思索纸放在身上的哪个部位,手跟着思绪在身上胡乱地摸了一阵,没有。

我所在的那个街道一路都是商铺,我随意走进了一家商铺,想问商家要一点纸。当我摇摇晃晃地走到那人的跟前，一边朝他伸手，一边说："我流鼻血了，你能不能给我一点纸？"我含含糊糊很吃力地说出了这句话。

"什么？"她显然是没有听清楚我的话。

我原本说话就困难，现在整个人又置身一个低迷期，我就更怕别人对我有质疑，当这种质疑发生的时候，我就更没有底气了。

我降低了声音放慢了语速，又说："我流鼻血了，你能不能给我一点点纸？"

"你说什么啊？我听不懂。"那人提高了音量问我。

我对她指了指我的鼻子，又指了指她放纸的地方。我说："纸！"她好像总算明白了我的意思，转身过去扯了一张纸，甩一般地给我。

然后对我一个劲地晃手，嘴里一个劲地说着："走、走、走……"我刚想对她说点什么，她却加大了音量说："快走，别在这晃，影响我的生意。"那语气、那表情充满了不屑与轻蔑，好像在打发一个叫花子。她瞬间就把我因辍学的绝望和痛苦所积攒的怒火给点燃了，我拿着她给的纸，摇摇晃晃地冲出去了。

街上的车水马龙依旧，我瞬间觉得走到哪儿都有一种深深地被人瞧不起的感觉。从小，我因为脑瘫导致的怪异的摇晃会引来很多人朝我行注目礼，这时，我又看见了这些我认为带着恶意的眼光……

"看、看、看，看个屁……"我随口就骂了出来，但我的话一出口反而起了反作用，这无疑给自己引来了更多好奇的目光。这一下我彻底被某种东西给激怒了，我看见路边有小石子，我就用我那有些摇晃的腿去踢，我的腿的定准力又差劲，路上的小石块没有踢到反而又把我的脚给踢痛了。这痛感无疑增加了我的怒气，我又换了一种方式。路边有些没开的商铺，我就故意走近那些卷帘门，一脚朝那卷帘门踢去。卷帘门随之哗啦一声，我又接着踢了两脚，又哗啦啦地响。这时候，我那被绝望、愤怒包裹的心感到了一丝丝发泄的快感……

多踢几脚也觉得没有意思，我就继续向前走。经过刚才一番那么猛烈的折腾，我已经感觉很累了。我走到一根电桩跟前，背靠着那电桩站着。我有些木讷地望着眼前的街景，然后又抬头望了望头顶的天空，此时好像很怕抬头望这天空，我忽然觉得我的脖颈很重。这时，一股强烈的悲伤袭上了心头，我的眼泪裹着这厚重的悲伤一滴一滴滴到了地面上，而我整个人也已经很无力了，我就那样顺势蹲了下去。我很无助地蹲在那，看着街上来来往往的车辆和在我身边匆匆而过的行人以及他们向我投来的那刺人的目光。我稍微缓过来一点才感到我的身体因刚才的愤怒还在微微痉挛，我的眼里也还有泪涌出……

一天之隔，竟是天差地别

"星汐，你快一点，你还在那儿磨蹭什么呢？今天是你表哥的状元酒，你磨磨蹭蹭去迟了，怎么好？"妈妈的声音在门外响起。她口里的表哥与我同年同月生，就仅仅只比我大一天。

其实，我早已换好了衣服坐在床边，离我的床不远的地方放了一个小梳妆台，我坐在床边就能看到镜子里的自己。我轻轻一动，浑身就会跟着不受控制地扭动。妈妈的催促声一声高过一声地传来，被催促得很无奈，我就从床边站起来带着些许怨气走了出去。

我们坐车到了我表哥摆宴席的地方。这儿很热闹，餐厅门口摆了一个用红纸贴的招牌，上面用金色的毛笔大字写着"祝贺×棵金榜题名"。当我看到这几个字，一种绝对的伤感在这一瞬间如海浪一样涌上心头。今天的主角——我的表哥，他就站在那儿迎接客人，同时也接受着大家的夸赞。想着跟他同年同月生的自己，如果不是身患脑瘫这种怪病，我今年是不是也考上了自己向往的大学。可一切幻想在现实面前都是罪恶的，我现在就是一个连中学都无法好好完成的辍学生。

"星汐，你来了？"过来跟我打招呼的是我表哥的妈妈，她人真的很好，她一直对我挺好的。

"你看你们棵多能干，居然都考上了××大学，人那么高，又长得帅，这孩子以后肯定是很有出息的。"妈妈说。我知道妈妈说的是恭维话、客套话。这些话像刺一样刺痛了我。

这时，我看了看就站在我跟前的表哥。原本个子就高的他现在显得更高了，而我就无可逃避地显得更矮了。此时，这鲜明的高矮对比让我想拔腿就逃，可是我还得站在那，听着大家无聊的寒暄……

"你们都来了，站在这儿干什么呢？都快进去吧……"这时，我听见了奶奶和祖祖的声音，她们俩老人一边朝这边走过来，一边对我们说。

"喔，快、快，你们都进去吧。"三姨跟我们说。

于是，我和妈妈跟在奶奶和祖祖的后面，一起走进了餐厅，找了一个位置坐下了。祖祖、奶奶、我、妈妈还有几个其他的亲戚坐了一桌。

这时，离开饭还有一段时间，大厅里的宾客都在纷纷入座。我左边是妈妈，右边是奶奶。

"你家的星汐就真的辍学了吗？"大家围坐在一块，在宾客还没坐满的时候，都闲在那儿没事干，不知哪个亲戚在那问了一句。

他不知道他这无心的一句话，让原本就伤上加伤的我又被深深地刺伤了。

"她啊，她那手写字跟不上进度，她去上什么学啊。她天天在学校就被那些孩子欺负，老师也不管。她反正迟早都会走上这条路的。"妈妈笃定地回答。她也毫不避讳什么，但这些话对我而言就像炸雷一样。

说实话，我听着这些话很委屈。在那样的时刻，我很想放肆地将我的悲伤释放出来，但看了看周围的人，我用一种几近残酷的理智强行地压住了悲伤。我感觉自己委屈的泪就要流出来，但我心里另一个声音在耳边响起："不要哭，星汐，千万不能哭啊，在这个时候，这种情况你千万不能哭啊！"我费了好大的力气才把自己的眼泪憋回去。

终于，挨到了开饭的时候，大家都在一边吃饭一边谈论着一些与我不相干的事。刚才几句妈妈和别人对我辍学的谈论，无疑是在我辍学的这道伤口上撒了一层盐，让我很痛很痛。因此，我故意在吃饭的时候，把头低得很低、很低。我坐在这个桌子上，处在这样的环境里，我都是很低很低的。我只想这样，稍微宁静、安然地吃完这顿饭。

但是，很多时候现实往往是事与愿违的。刚开始吃饭没多久，我的那个表哥就由他父母领着来到我们这桌给大家敬酒。我因为刚才积郁在心里的那些痛，情绪有些不受控制，而这糟糕透顶的情绪直接影响了我对身体的驾驭。三姨领着表哥来敬酒，当大家站起来的时候，我也一边用手去端酒杯，一边摇摇晃晃准备跟着大家站起来，但就在我端酒杯站起来的那一瞬间，酒杯里的大半橙汁已被我晃出来了。橙汁随即就被洒到桌子上，然后又流得四处都是，我的衣服一些地方也被橙汁打湿了，坐在我身边的妈妈和奶奶的身上也都被溅到了橙汁。

"你慢点啊，你在慌什么啊？"妈妈说。也许她和我一样此刻觉得很窘，所以她语气难免急了些。

"你看嘛，就是她的那个手做什么都不方便，不然的话她也不会辍学咯。"这时，我听到了我的祖祖那慈祥的声音。当我听到这声音和这句话时我再也憋不住了，因为衣服被打湿了一些，我借口去洗手间。当我刚跌跌撞撞"跑"到洗手间的时候，终于再也无法憋着我那厚重的悲伤，我的眼泪真的就如两条小河一样从双眼奔流而出……

咦，为什么不能用电脑？

这天我又坐在了书桌前。因奶奶看我被辍学折磨得太痛苦了，就带我回成都去玩，她想以此缓解我的疼痛。回成都的那几天，奶奶给我买了一套图书，我坐在书桌前，突然很想写一篇文章。是的，这一刻，我有了很想把奶奶给我买书的这一幕的感动给写下来的冲动。写，我又无可逃避地触及了这个字以及它带给我的深深的痛……

这时，我放在桌上的手不由自主地痉挛了一下，它好像在提醒我——是它把我推入辍学的深渊的。它充满恶意地提醒我，我的手写不好字，我要怎么写？我的脑海突然浮现出往日的情景：那天我去奶奶那儿，恰好祖祖和姑婆都在。当我向她们表达了我的迷茫的时候，我的姑婆很自然甚至是那么必然地对我说："你可以学××，那个坐轮椅的作家，别人还不是双腿瘫痪坐轮椅的，还不是靠自学成了作家。"这话让我很绝望，我下意识地将自己的双手紧紧地攥成了拳头，愤恨地想到就算她双腿不灵便坐在轮椅上，但她的双手是好的，写作当然没有问题。

"写作的前提是'写'，这对别人是可以轻而易举做到的事，对我而言却就成了千难万难的事。想到本子上那些像被猫抓过的乱七八糟的字迹，我要怎么写？我就是克服了自己手写字的艰难，把想写的文字在本子上雕刻出来，又有谁能看清楚我到底写了些什么？"我在心里痛苦地想着。"所以呢？所以就不写了吗？你上学的时候，那么喜欢写作，就算是现在，你处在最绝望的时候，你仍然想把你的感动写出来。这对你，也许是一条出路……"这时，一个不知从哪里来的声音飘到了我的耳边。

这个问题又把我拽向了更深的一层迷茫。在我带着痛苦、迷茫的心境环顾四周时，我突然看见了它——书房里那台白色的电脑。这时脑子突然灵光一现，一个声音突然从我的心里跳到了我的耳边："为什么不用电脑试试？虽然你的手颤抖，但是那就是敲键盘有点困难，打出来的字别人一定能一目了然地看清楚！"

"对啊，我为什么不用电脑打字啊？我把想写的文章用电脑打出来，别人不就能看清了吗？"这一瞬间，我好像发现了一个新大陆一样，我的悲伤和绝望暂时被我抛到了一边。然后，我快速地从书桌前站起来坐在了电脑前，然后快速地把电脑打开了。启动后，电脑的桌面展现在我的面前，我快速从"我的电脑"进入了 Word 文档，然后就开始写我的文章。当我在 Word 里按照我头脑里的思绪写出了几行字的时候，我会心地笑了，因为我看见 Word 里的文字是那么清晰。这时我故意停下，从抽屉里拿出了我的作文本，把作文本翻开，那些像猫抓一样糟糕的字迹又刺入了我的眼里，它们也刺痛了我的心。我赶紧又把眼睛转向电脑，我打出一个个字。那些文字虽然还没有成文，但一个个、一行行却排列得那么错落有致，是那样地一目了然。

又打了几排字后，我突然停下来欣赏自己一个一个打在 Word 文档里的字，这时我觉得沉重、绝望的心有那么一丝一毫的欣慰。这个时候，我脑子里关于这篇文章的思绪又来了。对于爱写的人来说，灵感这个东西高于一切，因此灵感又把我脑子里其他的任何思想给挤掉了。于是，我又赶紧颤颤巍巍地用我那有些僵硬的指头赶紧去敲键盘。虽然我敲键盘敲得很慢、很慢，但是当我看到我通过键盘打出一个个清晰的字的时候，我内心的绝望在一点、一点地释然。

这是我刚刚学着用电脑打字，我必须一个键一个键地在键盘上敲。虽然敲得很慢、很慢，但 Word 文档里的文字却是真真实实一排排清晰地展现在我的眼前。看着那清晰的字，积压在我心里那沉重的压抑也跟着一丝丝慢慢释然……

　　我那僵硬的手指，用比蜗牛还慢的速度在键盘上一个字一个字地敲。我那笨拙的手指一下一下地敲击键盘的声音，有时听起来很有节奏，有时听起来却又那么凌乱，但不管它是有节奏的还是凌乱的，这敲击键盘的声音在我听来却隐隐约约藏着一种希望……

开始用电脑打字

我仍然坐在电脑前，用那根摇摇晃晃的、有些迟钝的食指，一下一下艰难地敲击着键盘。脑子里的思绪像流水一样在涌动，一时间我只顾跟着脑子里的思绪跑，我的心也急起来了。我就是这样，只要情绪稍微一激动，我就清楚地感到我的手指又开始不听话了。比如我要打"我"这个字，它的拼音应该是"wo"。我第一个字母打出来了，当在键盘上接着按第二个字母时，就按成了别的字母了。但我又不想停下来改，我就想跟着我的"灵感"跑，我一边打一边想接下来也许我不会错了。结果因为我才接触电脑和高估自己手指敲击键盘的准确率，还不想打断灵感，所以我常常写了很长一段字结果都因错误率太高而不得不前功尽弃。这时我只能皱着眉头，把我好不容易敲进Word里的那一长串错的字给消掉……

其实，这对我还不算是最糟糕的情况，最糟糕的情况是：我在Word文档里打着打着字，前一秒还敲得好好的，后一秒突然一痉挛，我都不知道那摇晃的手指又按到键盘上的哪个键了，电脑突然之间就黑屏了。才用电脑的我不知道电脑怎么了，心一急，我就在那键盘上一个劲地乱按。最后我听见电脑"嘟"的一声，突然就全没声音了。

这时候，我慌了神，我在心里首先问的就是："电脑死机了，那我刚才那么艰难才敲进电脑里的那些文字还在吗？"当我在心里这样问时，一个更理智的声音在我的耳边响起："你在小学四年级时学过计算机有些基本知识，你应该清楚像这样电脑被戳死机了，Word文档如果没有保存过，里面的东西是没有了的。"虽然，我已清清楚楚知道结果，但我还是在心里抱着一丝侥幸。

这时，我抱着侥幸的心理把电脑强制重新启动。等启动了，我赶紧打开我刚才写文字的 Word 文档，原本我以为能继续接着我刚才的写。可当我打开电脑 Word 的那一刻，一个新的空白的 Word 文档告诉我，我侥幸期待的奇迹没有发生，我突然惊慌失措地愣在了那儿。这个时候，一种新的绝望和挫败感袭击了我。这台电脑是妈妈花八千多给我买回来的，当时我正读小学四年级，学校也正在给我们上计算机课。说是计算机课，其实就是教了些最简单的开机、关机以及 Word 文档的使用。

这时，我意识到我想要顺利地在 Word 里写东西，就必须弄懂它的一些基本的功能。于是我去问妈妈。

"你在 Word 里打字，你点保存了吗？"妈妈听了我描述的情况问。

我脱口而出："保存？"然后又问，"什么是保存？怎么保存？"我们在小学学电脑，一学期也只有那么一两次的上机机会，说是电脑课，可因一半好奇一半贪玩，什么也没学到。

"保存就是你写文字写了一段，一定要点一下在 Word 左上角的那个保存图标。你点了吗？"妈妈问。

我无奈地回答："我正打着打着字，突然手指一痉挛，我就不知道按到哪儿了，然后它就彻底黑屏了，等我重新启动了电脑，我刚才打到 Word 里的文字就没有了。"我有些愤怒又有些无奈地说。

"唉，手不方便你为什么要去碰那电脑。你的那只手啊常常一晃一抖的，电脑不被你按死机才怪。"妈妈说者无心，我听者却有意。我听了妈妈的话有些难受，谁叫我生了脑瘫这样的怪病，我就是控制不好自己的双手，你以为我愿意我的手指一晃一晃的啊，你以为我愿意把电脑戳死机啊！

这时，我的内心突然响起了一个从很远的地方飘来的声音："出了问题就解决，抱怨有什么用？你可以试着打一段文字就保存一下，打一段文字就保存一下，这样 Word 里的内容就不会丢失了。"

"你既然知道自己的手不方便,你就应该写一段文字就保存一下,这样你的 Word 文档才不会丢失啊。"这时,我身边传来了妈妈的声音。

　　说罢,她便转身走开了。这时,我的书房里又恢复了宁静。我整个人一脸茫然地坐在那儿,眼睛盯着那空白的 Word 文档,在心底问自己:"怎么办,我用电脑打字这条路到底是行得通,还是行不通啊?"此刻,我脑海里又出现了那个满是猫抓一样的字和被戳得大洞小洞的本子,它残酷地告诉我,除了用电脑打字这条路,我是没有其他的路可以走近写作的这条路的……我要想能让人看懂我的字,要想走自学写作的这条路,我就只有用电脑打字这一条路……

书店，是我的避难所

奶奶偶尔会悄悄塞给我一些零花钱。这天，我走在路上，抬头看看天上的云，我想以看天空的方式来舒缓一下积压在我心里那厚重的辍学的苦闷。脑瘫是一个什么鬼，我真的不知道。比如现在，我想诗意地抒发一下我心里厚重的愁苦，当我刚摇摇晃晃望向天空的时候，我的脖子突然禁不住一痉挛，它又让我不得不平视前方，它似乎在充满恶意地提醒我，那些比较高的东西都是不属于我的……

因为脑瘫和从小生长在单亲家庭里，这样的沉重让我从小就喜欢跟"潇洒"这两个字靠边。于是，我在迈步的那一刻，就把我特别不方便的右手揣进裤兜里，然后迈着摇摇晃晃的步子朝前走去……

"我要到哪儿去呢？"我一边走着，一边在心里这样问着自己。

"不知道，随便走走吧。"我心里的声音这样回答着。我现在辍学在家，我能上哪儿去呢？去奶奶那儿？奶奶为我下跪换来的学习机会，我也没保住。辍学对我是一个沉重的打击，对奶奶又何尝不是。我不知不觉就又到了一个红绿灯处，在我停下来等红绿灯的时候，还是有那么多行人和车辆在我眼前穿梭。但这一回，当我木然地看着眼前的车水马龙时，我忽然间看见了它——一家叫"远景书局"的书店。

"反正没事，去看看书吧。"我心里的声音说。红绿灯一结束，我就径直朝那家叫"远景书局"的书店走去。当我走进这家书店，一阵阵书香就扑鼻而来，这书香突然让我有种心旷神怡的感觉。我就紧贴着那一个个书架走，指尖在那一本本书的书脊上滑过。我走到卖散文和杂文的那个书架前就不由自主地停下了我的脚步。

当我用眼光扫视书架上那些书的时候，我突然看见了《青年必知名家散文精选（外国卷）》一书。在中国和外国文学作品中，我本能地会倾向外国，也许是从小听保尔·柯察金的故事对我的影响吧。我随手就拿起了这本书来看，我发现这本书里不仅有一篇接着一篇的外国名篇，而且最主要的是每篇散文后面还有点评。

我拿着这本书随手一翻就翻到了一篇叫《光荣的荆棘路》的散文，这是一位丹麦的著名的童话作家写的。也许是某种心境的契合吧，这篇散文的标题当时就深深地吸引了我。最吸引我和打动我的是名家对这篇文字的点评："人生总要面临许多挫折和失败，真正的强者就是通过艰苦的努力和探索去打开一条人生通道，这就是光荣的荆棘路。"当我读完这短短的点评，我整个人就像是被惊雷惊住了，我清晰地感觉到我的心里就像流过一阵电流，我的心从冰凉到感觉到有了一点点的暖。

这时感觉站得有点累了，我想换一个姿势继续看。在我用双脚变姿势时，我才感觉到我的双腿都有点软了，于是我干脆就蹲下去了，我的腿是没有力气蹲多久的，索性我就直接那样靠着书架坐在地上，用双手捧起这本书看起来。我又翻到了一篇散文，名叫《探索者》。这篇散文作者是英国的，我在这篇散文里看到了这样的一句话："人是思想的探索者，只有思想方面的探索才能使人找到新的出路。"当看到这句话时，我突然深深地舒了一口气。此时，这本书，它仿佛要通过这些文字让我感受到我被某种力量指引。

我把目光移开了书本，扫视了一下这个书店，今天不是周六、周日，所以书店的人就那么两三个。这安静的环境正符合我的某种心境。待在这里让我有种暂时的安静，我可以暂时不去想学校，不去想辍学以及辍学后奶奶对我的失望、妈妈对我的怨怼，还有爸爸的……最关键的是也不用去听那些陌生人对我辍学的种种猜测和质疑以及他们那无休止的好奇心，想到这我会心地笑了。在这个书店里,我可以暂时逃避掉我想逃避的一切……

  于是,我又把放出去的那些游思收回,继续集中精力看这本书。我又坐在那看了一会手里的书:"嗯,这书真的是一本好书。"我要把它买回去,这样我一个人在家里闲得没事的时候也可看看书。于是,我付了款,抱着这本书走出了书店。在踏出书店的那一刻,我突然感觉内心的沉重和辍学带给我的痛仿佛有那么一点点减轻了,我下意识在脸上挤出了一丝丝微笑,抱着书朝家的方向走去……

与散文《提醒幸福》邂逅

我又坐在这张书桌前了。今天的天气是多云,所以有一些太阳光照进来,整间书屋都比较亮堂。我习惯性地拉开前面的抽屉,在这一刻,我并不知道要干什么。在我拉开抽屉的那一刻,我又无可逃避地看到了它——我初中的语文课本。虽然我看到它心就会像触电一般疼痛,但我还是被一种强烈的求知欲望驱使着去翻开它。

一翻开课本,我恰好就看到一篇叫《提醒幸福》的课文。我在上学时看过它,恰好上学期老师讲这篇课文时我不在(其实那天我是对同学们天天对我的欺辱实在是承受不了了,妈妈帮我请了一天假),因此就错过了我最喜欢的语文老师彭老师讲这篇课文。今天,我重新翻开它,这也算是一种弥补吧。

当我翻开这篇课文,我的眼光随着它文字的铺展看下去,看到:"人生总是有灾难。其实大多数人早已练就了对灾难的从容,我们只是还没有学会灾难间隙的快活。我们太多注重了自己警觉苦难,我们太忽视提醒幸福。请从此注意幸福!幸福也需要提醒吗?"我顿了一下。放下书,望着窗外的阳光,在那想:"幸福是什么呢?灾难又是什么?就如现在我辍学了,我的北大梦从此就在我手中遗落,我很痛苦,但是这样一直痛苦、绝望下去到底有什么意义?"

此时,窗外的阳光有些刺眼,我的眼睛因为一直看阳光觉得有点花。这时,我脑海里突然闪现出那天我在书店里看的那本书里的那些话。"人生总要面临许多挫折和失败，真正的强者就是通过艰苦的努力和探索去打开一条人生通道，这就是光荣的荆棘路。"既然这样，弱者和强者，我为什么不选择试着去做一个强者？因为我知道以自己的性格我不愿去做一个弱者。

"学校不收我，不让我继续在学校读书，我就真的只能这样吗？"我坐在阳光里，处在那种恍惚的状态里，我突然听到从自己心里很深的地方传来的这个声音。

"不，不是的，我不相信，星汐。"一个声音更坚定，更清晰地说，"我不相信你会选择就甘愿一直沉浸在这辍学的痛苦里，我不相信！"

"那我还能怎样？"我心里的声音回答。

"自学啊！你虽然辍学了，让你很绝望，让你痛不欲生，但在你的潜意识里根本忘不了书。你是知道的，书能带给你安宁、平静、能量。不然你也不会把书店当成避难所，不是吗？"经我自己内心深处这个声音一提醒，我好像突然一震，因为我不得不承认这个声音说的是事实。

于是，我舒了一口气，让自己重新集中精神回到这篇散文上来。这时，我又看到它这样写道："也许他们认为幸福不提醒也跑不了的。也许他们以为好的东西你自会珍惜，犯不上谆谆告诫。也许他们太崇尚血与火，觉得幸福无足挂齿。他们总是站在危崖上，指点我们逃离未来的苦难。但避去苦难之后的时间是什么？那就是幸福啊！"当我读到这儿的时候，我想为什么我们不去珍惜当下，珍惜命运留给我的，而去死死地拽着命运已经从我们手里抢走的一些东西。

毕淑敏老师的这篇散文里的一句句话仿佛像一股清流流进了我的心田。是啊，苦难之后是什么啊，苦难之后就是幸福啊！

辍学后，我很痛苦、绝望，妈妈的怨怼、奶奶的冷漠、爸爸的……静下心来好好想想，我都十九岁了，如果我是一个健全的人的话，那我都应该走出家门了。既然这样，我为什么不用这些颓废、绝望的时间去自学？我被这个声音惊了一下。

我感觉体内的某种能量让这篇文字给唤醒了。我特意让自己端端正正坐在那书桌前，此时的阳光比刚才还要好，我整个人沐浴在阳光里，享受着这种片刻的安宁……

　　我双手揉了揉眼睛，又回到了读本上，我又在这篇文字里读到了这样的话："幸福常常是乔装而来。你也不要企图把水龙头拧得更大，使幸福很快地流失。而需静静地以平和之心，体验幸福的真谛……"当读到这，我突然就真的停下来了，然后望着窗前的阳光就笑了。我这时的内心，突然充满了感激，我感谢今天在我被辍学的绝望和痛苦几乎吞噬的时候，遇到了毕淑敏老师的这篇散文——《提醒幸福》；感谢它突然让我悟到了一些生命里珍贵的东西。它仿佛在提醒我，我其实不应该在辍学的痛苦里一直任由自己沉溺下去，感谢它让我隐隐约约抓住了重生的一些希望……

一边看书,一边查字典

  这天上午,妈妈去上班了。整个家里就剩我自己,我来到了我的书房。辍学后,无论我伤心也好,绝望也罢,我就爱在这间屋子里坐坐。我又坐在我的这张书桌前了,正当我坐在那不知该干吗时,我晃眼突然就看见了那天我从书店买回来的书。此时,它好像正躺在书柜里跟我打招呼。于是,我站起来走到书柜前,拿出了这本书,准备在那好好看看这本书。
  我翻开书,看着看着,我看到文字中有一个"鞠"字,于是我就被这个字给卡住了。
  "咦,这字读什么,它的意思是……"我在自己的心里轻声问着。
  它给我的陌生感,让我意识到我从来就没有学过这个字。
  就这一瞬间,我整个人就给愣在那儿了。"怎么办?谁能告诉我这个字怎么读?"我坐在那儿沮丧地想着。
  正当我坐在那感觉整个人又陷入一种无所适从的状态时,我脑子里突然闪现出两个字"字典"。对啊,我为什么不去查字典呢?我赶紧站起来从书柜里的一个角落里拿出了字典。
  当我翻开字典这一刻,我突然又迷茫了。我在小学学过,查字典首先查生字的部首,但是这个字它的部首是什么呢?是左边的"革"还是右边的"匊"?我一碰见这种左右结构的生字就昏头。在这个时候,我多希望身边有一个人能够给我哪怕一点点提示也是好的。但是,整个房子空空荡荡,哪有人可以帮我。"放在一边等妈妈回来问她?"我在想。

"靠不住的,你妈一看到字就觉得头痛,而且你妈觉得你学也是白学,最终也学不出来。"心里的另一个声音说。

"那问谁?"原本的那个声音问。

"没有谁,你只能靠自己解决这个问题。"一个声音清楚地跟我说。当我听到这个声音后,我就直接打消了靠别人的念头。

这时,我又重新回到了这个字的本身,既然搞不清楚这个字到底是左边那部分是部首,还是右边的那部分是部首。那就先把左边的那部分当成部首,去查,查不到再把右边的当成部首。如果还不行的话,那就按照我在小学学到的那一点点的查字典的方法,挨个去查,我相信这样总是可以查出来的。

首先,我要数一数这个"革"字一共有多少画。由于我的手是颤抖的,我写字都是雕刻或"画"完成的,这就直接导致我对部首笔画数的误判。我常常是这样的,明明这个"革"正确的笔画数是九画,但我八画就写出来了,所以我误认为它就是八画。于是我信心满满就按照八画去查,结果我一个字一个字挨个查完了,都没看到我要找的这个字。这时,我就有些惊愕,我突然意识到部首的笔画数绝对是又被我给数错了。

"这怎么办,这就不查了吗?"我看看书上的那个生字,又看看字典。

"如果你就此放弃,你就永远当文盲吧!字都认不全,你以后什么都学不到。"这时内心一个更强烈的声音对我批评道。

我看着那个部首问:"你告诉我你到底有几画?"它就那样默默地躺在那,不作答,好像在以这种方式嘲笑我笨。

"嗯,再在桌子上写写吧。我就不信数不出它准确的笔画数。"于是,我就尽量使自己的手不颤抖,一笔画一笔画在桌子上一遍又一遍写着这个部首。终于,在无数遍的写写画画中,我知道了这个"革"是九画,按照画数一查,我终于查到了。

这最关键的一部分都被我解决了,知道它的部首就是"革",那我就查剩下的这部分,那部分应该有八画,我就挨着查下去,结果我终于查到这个字在246页。这一刻，我好兴奋，我终于查到这个字。我翻开这个生字所在的页码。我才知道这个字读"jū"，然后也看到了字典里对这个字的解释：①养育，抚养。②古代的一种球……

当我在字典上看到这些时，我长长地舒了一口气，心里刚才因不认识这个字所积郁的压抑瞬间化为乌有。这时，我的嘴角微微向上翘，心里有些得意地想："这不，问题不就解决了吗？"短暂的高兴过后，我马上让自己回到书本，我赶紧拿出铅笔，就在书上的那个"鞠"字上面的空白处，照着字典上的读音，用拼音给它标好。然后下来我会常常看，用这样的方式把它从生字变成熟字……

然后，我又回到书本上，接着刚才的内容读下去……

爸爸，你能把废纸板留给我吗？

奶奶和爸爸见我沉溺在辍学的痛苦里没有其他的活法，就让我到父亲的店里去帮他看店。在我父亲店里的工作无非是帮他看着店里的东西不丢，然后帮他打扫打扫店里的卫生。

那天，我坐在店里趴在一个店里卖的洗面柜上看了一会书，当把书合上的时候，我就发现这本书要看完了。我又想到书店去买书，但奶奶的退休工资也是很微薄的，很多时候我也不忍心问她要太多的钱，哪怕这钱是用来买书的。我刚开始帮父亲看店时，是没有工资的。想到我又没有新书看了，我难免有些沮丧……

这天，父亲店里刚进了新货，是一个一米七的浴缸，爸爸正在拆那个装浴缸的箱子。看见那个大大的纸箱子，我突然灵机一动想到了一个好办法。我在爸爸这已经工作了一段时间了，我知道这纸板是可以卖钱的。虽然，一斤纸板只有两三毛，但是我可以积少成多，一斤三毛，十斤三元，那我就可以……

我立刻放下了手里的书，飞一般地跑出去，对正在摆弄新浴缸的爸爸问道："爸爸，你的这个纸板卖了以后，钱可以给我吗？"

爸爸一边摆弄他的新浴缸，一边问："你想卖纸板换钱干吗？"

"买书。"我很简单地回了他两个字。

爸爸停下了手里的活，看了我一眼，又看了看摆在一边的空纸箱，用他手里的改锥指了一下说："它归你了。"听到这句话我乐得跟什么似的。

我就走到这个大大的纸箱子面前，一边看着它，一边在心里得意地想："卖了你，我就有钱买书了。"这样想着，我心里乐开了花。现在其他的我也不想去多想了，想也没用。我现在就想多买书，多看些书，把我因辍学空缺的心填得满满的。

想到这，我就又摇摇晃晃回到了店里，拿了一把美工刀站在纸箱边，我要把纸箱拆了，然后折起来放到店铺后面堆杂物的地方。

我拿着那美工刀，站在那想，这个箱子是装一米七的浴缸的，它把我装进去都是轻轻松松的，这么大的纸箱我要怎么搞定它？

有时想不如干。虽然，我没有亲自拆过纸箱，但我看爸爸弄过，我还看收纸板的那些收荒匠弄过。之所以要把这纸箱拆了折叠好是为了好存放，等纸板积攒多了，遇到给价合适的才好把这些纸板卖一个好价钱，这样买书的钱攒起来也快一些。

我先用双手把它拉到一个相对宽阔的地方，然后用尽全身的力气把它拉来，让它侧躺着，然后我拿着美工刀从它的底部中间给划开，等我完全划开它后，我再把我那不方便的脚提得老高摇摇晃晃地给它一脚，它就顺势倒下去了。看着它倒下去，我有种快感，谁说我没用，把一个纸箱踢趴下还是可以的嘛。然后我整个人就跪在纸板上，从左往右把它叠起来，这样才能把这纸板拖进店里收着。

纸板，特别是像这种装货的大纸箱，它其实是挺硬的，它原本有折痕的地方还好折，难的是它原来没有折痕的地方，那需要人用很大的力气才能完全把它折起来。我的手和腿都是没有多少力气的，有时为了把纸板折起，我得整个人跪在纸板上，然后四肢一同协作好一会，才能把那纸板收拾妥当。

这时，我整个人已经没有多少力气了。我顺势就坐在了那刚被我收拾好的纸板上。我休息了好一会，才感觉自己稍微缓过一点劲来。这时，我才又颤颤巍巍从纸板上站起来，然后拖着那长长的纸板朝店里走去。

我就这样积少成多，卖个两三次或五六次，一本书的钱也就出来了。每当我用这样的方式攒够了买书的钱，我都会好开心。我揣着这些我用废纸板换来的钱，开开心心往书店跑去，把我惦念了很久、心仪了很久的那本书买回来……

第二章

脑瘫这个鬼的怪模样——痉挛

我会被你吓成精神病的

一天，我和妈妈正在那吃饭，我感觉上一口饭在嘴里差不多快要吞完了，我很本能地又舀下一勺饭，就在我刚用那只颤抖的手把下一勺食物放到嘴里准备把勺子从口里抽出来时，我的手突然一痉挛，勺子戳到了我口腔里的肉，疼痛导致我突然一惊，我的手指也就跟着痉挛。这时，我本能地将勺子往外抽，想阻止这意外发生，可是我的口腔又因为疼痛紧闭了。我的手又在这时想硬将勺子从口里拿出来，这就导致我那不受控制的身体浑身都跟着痉挛。我原本好好放在台面上的右手，经身体的痉挛带动也跟着痉挛，它瞬间就把我放在桌面上的碗也打翻了，碗里的饭自然也被撒得四处都是……

当我整个人都还沉浸在那种疼痛、那种尴尬、那种自己都不知道到底这一切为什么就那么没征兆地发生的时候，我的耳边突然传来了妈妈的声音："哎呀，你在干什么啊？"等我的这一阵痉挛一过，我们的餐桌上就像经历了一场小地震一样，我的碗翻倒在桌子上左右摇摆，碗里的饭菜随着它自身的左翻右摆陆陆续续地掉在台面上，我的勺子也掉到地上去了。

当然，刚才我准备送进嘴里的饭，也在勺子掉地的那一瞬间就撒了一地。

而我，因刚才的痉挛还没缓过神来，一切均已变成眼前的这副样子了，我的嘴还一阵阵地疼。

"你看嘛，你到底在搞什么啊？"妈妈被我这一"地震"也吓得停下来了。这一刻，她仿佛有些不知所措，坐在那脸色变得很沮丧。

这时，我来不及多想，赶紧就从凳子上站起来，把凳子移开，走开让妈妈去收拾这烂摊子。

而妈妈，这时也不得不放下她的碗，从她的凳子上站起，一脸都是阴沉沉的，然后把我原本坐的那把椅子搬开。在她重新放下那把椅子时，我清清楚楚听见那椅子咚的一声。

妈妈走到我站的地方，拿起放在我身边的垃圾桶，收拾我散落一桌子的饭粒、菜渣。她一边在那收拾，一边说："你又怎么了？你瞧你弄得惊天动地的。"

我站那很生气、很沮丧，我跟妈妈小声说："我刚才不知道怎么的，那勺子刚被我放进口里，我就一抖，就被勺子戳到了……后来，后来就这样了。"我自己身体发生的状况有时候我也是解释不清楚的。

"你被勺子戳到嘴，你拿出来不就好了。戳一下，至于要这么夸张吗？把饭撒得四处都是，你现在高兴了吧？"妈妈一边收拾我撒在台面上的饭渣，一边很生气地对我这样说。

这时，她把我刚才摔掉的勺子从地上捡起来，然后有些用力地摔在台面上。"我就不相信这一个小小的勺子戳到你的肉会有多疼，怎么就让你惊得那么厉害。"妈妈狠狠地对我说。

一瞬间，我都不知道我应该如何回答妈妈的问话。现在静下来想想，刚才那勺子也戳得不太厉害，但我就是不知道，我为什么就突然痉挛了。妈妈问我为什么，我实实在在是无法解释，我也不知道自己为什么前一刻吃饭还好好的，后一刻，猛地一痉挛事情就变成这样了。我真的不知道该如何回答妈妈，刚才那一复杂而简单的一瞬间。

"我不知道。"我简单地回答妈妈。这一刻，我感觉自己的双眼里有眼泪出来。

而妈妈全然没有顾忌到我的委屈和伤心，她还沉浸在她的愤怒里。她继续收拾我刚才撒到四处的饭粒，然后带着怨气说："你这样，以后谁还敢跟你吃饭，你跟人吃得好好的，你这样突然一惊，人都要被你吓成精神病。"

"吓成精神病。"妈妈这句简单的话，突然在我的耳边就像一个炸雷一样炸开了。然后，妈妈刚才跟我说的话就像波浪一样一遍又一遍地传到我的耳朵里。

我就站在那，妈妈还在那一边打扫我刚才痉挛后的战场，一边继续在口里说着她的惊吓以及她对我的这一行为的不解。

我还没从刚才突然的痉挛和惊吓的状态中恢复过来，又被这样不问青红皂白一顿训斥，我一下就火了，我对妈妈吼道："是我想这样的吗？"我大声朝她吼完这句话，我的双眼就流出了像小溪般的眼泪，然后带着绝望、惊恐，还有无所适从跑回了自己的房间，然后关上门。我在关上门的那一刻，哇一声就哭开了。

我也想知道这场"小地震"为啥会突然而来……

我坐在床边伤心地哭着，任由自己的悲伤泛滥，眼泪裹挟着我厚重的伤感和强烈的无助簌簌而下……

我为什么会突然痉挛？而且在突然的痉挛发生的时候，我不能控制我的身体、我的手。一种更深层的悲哀来自我的灵魂，我深深地感到它是那样不甘，不甘偏偏屈就在这怪异的身体里。

我的痉挛都是一瞬间就发生了，在那一瞬间，我自己都没来得及搞清楚，就发生了，这让我又有什么办法，我也不想像刚才那样突然一下就来那么一场"小地震"。

就像妈妈刚才问我的那样："一个小小的勺子戳到你的肉又会有多疼？怎么会痉挛得那么厉害，弄得那么惊天动地的？"

我流着眼泪想，我知道事情发生的整个过程，但是不知道事情怎么就发生了。所以，当妈妈刚才向我气愤地抛出一个又一个问题的时候，我不是不想回答，是我压根就回答不了。

虽然，妈妈觉得我的那句"不知道"是在敷衍她，但这却是我对她最真实的回答。想到妈妈说的那句"跟你吃饭，都会被你吓成精神病"，我真的好伤心，伤心过后甚至是绝望……

我的妈妈——我至亲的人，都受不了这"小地震"爆发时带来的惊吓，那以后，我的朋友、我的爱人，甚至是我的孩子……想到这些，我突然就觉得自己掉进了一个孤岛，但更加让人绝望的是：处在这种状态的我不想待在这个孤岛上，但我也不想从这座孤岛里走出去。因为我知道，以后若再有这种事情发生，会吓到我周围的人。当这一尴尬发生的时候，我真的不知道，我该如何去面对？

妈妈刚才问我的那些问题，我作为当事人，我也好想知道，那可恶的脑瘫导致的痉挛为什么会发生？我又为什么在这怪异的痉挛发生时不能及时地制止它？为什么我只能那样眼睁睁地看着它发生，并接受它发生时给我带来的精神和身体上的双重折磨？

我也不想让这突然的痉挛给自己造成难看，也不想让这样的痉挛给周围的人造成惊吓。但这种种的不想即使我再不情愿它都发生了，而且它来得是那么突兀、那么强烈……

没有人能告诉我这该如何预防。当这种状况发生的时候，我该用什么办法来控制这突发的局面，哪怕能有那么一点点的控制。如果不能在控制的这方面想出办法，那能不能在问题发生时，有个办法能让我更从容地面对被我痉挛所惊吓到的人。

然而，这一切的一切都没有人能够给我哪怕一点点的指引和启示。

我的伤心还在继续，这种种的"无法得知"给我带来的恐惧和绝望也还在继续……这种"无知"让我沮丧到了极点，脑瘫的这种痉挛，它下一次会在什么时候，会在哪儿发生，我都是不知道的。

你的牙齿不能碰碗吗?

这天,我又到奶奶这里来了。幺爸、幺妈他们吃完就去忙他们自己的事情了,现在这张桌子上就剩祖祖、奶奶和我。我吃着吃着突然又痉挛了。我是奶奶从小带大的,奶奶对我的这"地震"见怪不怪了,而我的祖祖是已经快八十高龄的人,老人家什么没见过,对我这突然的痉挛也并不觉得惊讶,更关键的是我祖祖也是看我从小长大的。

当我还处在痉挛过后的"缓劲期",我习惯性地观察了一下周围的环境,我的祖祖还在那细嚼慢咽地吃着她的饭,跟平常没什么两样,而我的奶奶也还在那擦桌子。

我舒了一口气,然后赶紧把我碗里所剩的饭菜吃完。吃完后,坐在那稍微平静一下。这时,我转过头去看了我的祖祖,我恰好看见她放下了手里的碗筷,朝我很深邃地看了一眼,然后又偏过头去看奶奶,同样是很深邃的一眼,然后她对奶奶说:"你说星汐怎么就这么惊一下,她到底是怎么了呢?"她说完又转头看着我,那种很认真地看,就像想好好地"探究"一下脑瘫带给我的这种痉挛到底是怎么回事。

我被祖祖这样"探究"得有些难受,但我的这祖祖毕竟是看着我长大的,所以这种难受也不那么明显和强烈了。

"唉……"奶奶在那儿边收拾我撒在桌子上的饭粒、菜渣,边说,"她被什么烫了一下,被什么戳了一下就会突然这么一惊。她从小到大都是这样的,也不知道这是为什么。"

祖祖用探究的眼神看了我好一会说:"你自己说说,你是怎么的嘛?"

我自己也不知道我为什么会这样,这叫我到底怎么回答呢。我坐在那以我的沉默回答我的祖祖。

我的祖祖把两手交叉放在桌上,还像刚才那样认真地看着我。此时,屋里的日光灯照耀着她的脸庞,她满脸慈祥温和地问我:"你的嘴唇是不是挨不得碗边?"

我听了祖祖的话突然一愣。"是这样的吗?"我不知道真相到底是不是这样的。

当我还在思考这个问题的时候,我耳边又响起了祖祖的问话:"你的牙齿是不是不能碰碗?"我听了祖祖的问话更觉得惊异。

正当我还愣在那儿的时候,我的耳朵里传来了奶奶的声音:"谁知道她是怎么的啊,她从小就爱这样,烫着了或被什么东西惊到了都会这样的。"

我就那样有些愣地坐在那听着奶奶和祖祖对话。对于这个问题,我脑子里是一片空白。

"星汐啊,你的这个状况,你得想一个法子改改,不然老是那样在吃饭的时候一惊一乍的,怎么好。"祖祖说。

我只是坐在那没有回答祖祖的话。经祖祖一提醒,我突然觉得有些恍然,心里有个声音从很深很深的远方飘来:"你祖祖说的你是应该好好想想了,这个问题你一定要去努力改变。"

"但是,关于我的痉挛,我连到底是什么促使它发生的都不知道,我应该怎么去改变呢?"

"你好好想想,总有办法的。"

吃过晚饭,我又坐在那陪祖祖和奶奶她们聊了一会天后,就告别了祖祖和奶奶走了……

可以慢一点吗？

此时，天已经完全黑下来了，今夜的天空看起来有些昏暗，没有星星。这是华灯初上的时候，街上的车辆和行人都多了一分悠闲。

从幺爸家出来，我有些沮丧地走在路上。我一边走，一边把我的思绪就放在这空中。说实话，关于痉挛的问题，我也不知道应该如何去解决。从幺爸他们家刚出来拐一个弯，我就来到了麻辣烫店。当我从麻辣烫店经过时，我看见那店里三三两两的人围坐一桌吃着麻辣烫，说说笑笑的，这场景让我觉得有些羡慕。

因为脑瘫怪异的残疾，我在同龄人小学毕业时才踏进小学，在同龄人读大学时，我辍学。感觉我跟那些所谓的"正常"生活相差了好远。

这样的怪异残疾所产生的"差距"，让我在现实生活中朋友寥寥。其实，我也好想跟朋友一块，三三两两坐在那吃着麻辣烫，但一想起自己的痉挛，如果真的有人愿意跟我坐在那吃麻辣烫，我又痉挛了怎么办？

"算了，一直处在一个凄凉的状态，看别人的精彩生活又有什么意思呢？"我的心里一个声音对我说。但是，这个问题该怎么解决呢？我把手揣在裤兜里，一边在街上走一边想。

我想起了刚才祖祖对我说的话："渐渐长大了，总要想一个解决问题的办法。"我又走了一段路，来到了河边，我坐在河边又想起了祖祖刚才问我的另一句话："你的牙齿是不是碰不得碗？"我坐在那儿，河流带来的风徐徐吹着我。祖祖的话，虽然不全对，也许真实的状况不是她说的那样，但这话却给了我一定的启发。

我坐的这个河边,没有灯,离河边不远的路上有路灯,这儿相对其他的地方有些黑。我喜欢黑夜,说不清这喜爱是从什么时候开始的,某一个夜晚我突然觉得在黑夜里思绪会更随意和清晰。这个时候,我就坐在那黑暗里,风徐徐地吹着我,思绪也就更清晰了。

我的思绪顺着这幽幽的风,回到了我最初能够意识到发生痉挛的那一天:我的勺子被我的手送进口腔中,我刚开始咬勺子,想紧闭嘴用上齿把勺子上的饭刮下来,这时我的手突然一痉挛,意外发生了。

想到这,我对着那潺潺的河流长长地舒了一口气,想:"那我可不可以慢一点呢?"

"如何慢一点呢?"我在心里问自己。

这时候,我就又听到了那个更理智的声音从黑暗深处跑出来了:"这个世界上,没人比你更了解你自己的身体,你再好好想想,你自己痉挛那一瞬间,你如果不'贪'快的话,你能好好地让自己先把上一口吞完了,然后再慢慢地把下一口喂进嘴里吗?这样你就不会因戳到嘴或被自己烫到而痉挛了。"

"是这样的吗?"我心里另一个声音在质疑着。

"是不是这样的,你回家试试就知道了。"接着我又听到了这个声音。我坐在那让徐徐的微风吹着。

"看来,我还是不够了解自己。"我望着那无尽的黑暗想。

此时,在我耳旁又有一个声音冒出来了:"现在的人都活得那么浮躁,很难有人能静下心来好好地想想自己,想想自己到底是怎么搞的。"

此时,我已经从河边站起来了,我在心里想,我是应该想想这到底是怎么回事了,即使不知道是怎么发生的,但就如刚才自己心里提醒的那样,试着慢一点。

"对的,我不妨在这'慢'上下功夫。我以后尽量温柔地让自己慢。确实,我只要能让自己缓下来、慢下来,应该就能对我这突然一惊的状况有所帮助。"

想到这,我快步朝家的方向走去……

刷牙，就会把嘴戳出血

清晨起床后，睡眼蒙胧地走进卫生间，准备漱口，我摇晃着手去离洗面台不远的地方拿杯子、牙刷，再把牙膏挤好，杯子里倒满水。一切的准备工作做好以后，我拿着牙刷在漱口杯里蘸了一下水准备漱口。我把嘴张开，把牙刷送进嘴里，然后我轻轻地闭上嘴巴，我的手开始拿着牙刷在口腔里来回刷。刷牙应该是上下刷，但是我的手因脑瘫这个鬼，细微的动作我做不了。我就只有拿着牙刷来回刷，我来来回回刷了好几次，好像一切都照常进行着，就在这时，我的左手突然一痉挛，它拿着牙刷一下就戳到了我的肉。

我"啊"一声本能地把嘴张开，把牙刷抽出来。这时我才感觉口腔里一阵疼痛，我的漱口也因此而停了下来。口腔内传出那剧烈的痛感，我知道我又被自己戳得很严重。我慢慢地闭起嘴巴，然后朝池子吐了一口漱口泡沫。我看见那白色的泡沫里夹杂着一丝丝红色的血丝。我就知道自己猜得没错，此时嘴里的疼痛，还一阵一阵从口腔里蹿出……

我停在那让这疼痛缓解了一下，我觉得口腔里的疼痛没有那么强烈了。我又停下来看了看镜子里的自己，对她说："没那么疼了，我们继续吧……"我抱着试探的心，又把牙刷伸进嘴里。

因为刚才被戳到了，而且戳得很疼，我就有些怕，小心翼翼把牙刷从这头送到那头，一下又把它拉回来。为了避免戳到自己，来回我都刷得很小心。很多时候就是这样的，一开始怕被伤，我们还小心翼翼，当这种小心翼翼给我们带来顺畅的时候，我们便忘记了先前的怕，于是小心翼翼也在这种忘记中被我们丢弃了……

　　我越刷越顺畅，就在我以为一切都没有事了、整个人也完全地放松了的时候，我的手突然一痉挛，它拿着牙刷顺势就冷不防地往上嘴皮一戳，我连一点点躲闪的余地都没有。它一戳，我的头顺势仰了起来。这个时候，我潜意识地用一种更大的力量来控制这痉挛。等我缓过劲来了，我先用双手撑住洗面池，然后我就把嘴巴闭着站在那儿，以这样的方式缓解口腔内被戳到的那一阵疼痛。我在镜子面前看见自己被疼痛折磨得有些抽搐的脸。我忍着疼，耐心等着那疼痛一点点消失。与此同时，我有些皱着眉头地看着镜子里的自己，问："你怎么又把自己戳到了喔，我不是让你小心一点吗？小心一点……"

　　我有些不耐烦地看着镜子里的自己，又一遍对她说："星汐，你小心一点好不好，这样很痛的。你看看池子里被你戳出的那些血，那是你自己的血，虽然只是一点点，但也是你自己的啊！"

　　看着池子里的那些血，我自己感觉又生气、又无奈。我在这种无奈和生气的状态中缓了好一会。我左手拿起牙刷，准备再次将它伸进嘴里漱口。在把它伸进去之前，我又盯着镜子好好地看了一下里面的自己。然后，我在心里对镜子里的自己说："星汐，一定轻轻地刷，慢慢地刷。你慢一点刷。最多是多费一些时间，仅此而已……"我一边对自己这样说着，一边又把牙刷重新伸进了口里。我就真的听自己的，慢慢刷。因刚才的教训，即使刷得再顺利，我也不敢再去"贪快"了。

　　还别说，这样还真管用。虽然，我还是会时不时因手痉挛而戳到自己，但因我对力道的控制，再加上我刻意让自己慢下来，我感觉自己被戳到的次数明显减少了。而且因为自己慢下来后，力道也变轻了，即使我的手因为痉挛而戳到了自己，也不会被戳出血，只是感到轻微的疼。

碗，五十元一个，摔坏了就得赔

晚饭后我在洗碗，而且已经进入了洗碗的第二阶段——清洗。我正想着："赶快洗完了，我好去看我那本才买回家的新书。我还有一笔钱可以买书，下次再去书店看看……"我把那一个个已经用洗涤精洗过的碗轻轻丢进装有清水的锅里，我看着它们一个个被我丢下水，咕噜噜冒着水泡，这感觉有点好玩。然后，我就把那一个个碗拿到水里涮了一涮。就在我准备拿起一个碗擦的时候，我的手突然一痉挛，手里的碗咚一下就掉在地上碎了。这个时候，我突然一惊，看着地上的一地碎片，我知道按旧规矩我的灾难又要来了。

正当我还处在摔坏碗的极度紧张之中，我听见妈妈从别的房间冲了过来："呵呵，碗摔坏了，一个五十元。"

妈妈说这话，我一点也不觉得奇怪，摔坏一个碗赔五十，这是我十二岁父母离异后，我跟着妈妈住，她立下的"霸道"规矩。

我几乎用尽了全身的力气，压住我的委屈和伤感，然后带着侥幸说："我买一个新碗，赔您？"

之后，我听见了妈妈干脆的回答。

"不行，我要我原来的那个，新旧、年代一样的，如果你找得到它，"妈妈指了指被我摔坏的碗说，"一样的，你就赔我。找不到，你就赔钱吧。五十，如果没有我可以让你先欠着，但是记住你又欠我五十了，有了钱一定赔我。"说罢，妈妈转身离去，不再与我多说什么。

看着妈妈离去的背影，我非常沮丧。

又是好几天过去了,这天中午妈妈又让我洗碗。我想起前不久被我摔坏的碗,又被罚了五十元,心里很是不痛快,就想以自己的手不方便为由拒绝,虽然我知道这借口妈妈从我十二岁到现在都没理会过……

"我在与你商量吗?我没和你商量。"妈妈丢下这句话就走了。

这时,只剩下我和桌上的那些碗,我现在看着它们心里都有些发怵。我看着它们自然就想起我每一次摔坏碗都要积攒好久的罚金,这些罚金里有奶奶平日里给我的零花钱、有我卖纸板的钱。原本我想凑够了一定数的钱就可以买书了,现在却因又摔一个碗全没了……

我把凳子挪开,然后小心翼翼地把一个个脏碗放进洗碗池,拧了一块洗碗帕把桌子擦干净,拿起洗涤精倒了一点在锅里,用那只不方便的手在水里搅了几下,然后又把一个个碗拿到锅里洗了,再把它们从锅里捞出来。"碗在这样的状况下是最滑的,因上次摔坏碗被罚得那么惨,我现在洗碗一定要小心!"我在心里暗暗地、狠狠地告诉自己。我把碗从锅里捞出来,然后当碗刚刚离开了水面,我就拿着它在锅沿上轻轻地敲了敲。这样能把碗上多余的洗涤精的水甩掉,碗干一点自然就没有那么滑了。我把全身的力气都集中在我的这只手上,并不是说拿一个碗需要多大力气,而是我需要用一种更大的力量来控制我的手尽量不要痉挛。我把碗在锅里清洗干净,然后颤颤巍巍、小心翼翼从锅里把它拿到台面上。

我有时甚至觉得我的这只不方便的、随时颤抖的手,在这个时候更像一个机械夹子,这都是因为它过度紧张和过度专注所导致的。但是有什么办法呢,要想不打碎碗,我就只有像这样,在洗碗、拿碗的过程中,把全身的力量都集中在我这只手上,即使出现痉挛,我也能牢牢地把它拿稳了……

我把碗清干净了,然后还得把它们一个个擦干净。我拿了一块干抹布,用右手摇摇晃晃去抓住碗,然后用抹布擦,我每擦一下就左手抓住碗,然后右手有些机械和笨拙地跟着左手移动,就这样碗拿到我手里移动一圈,一个碗就擦完了。

一个个碗倒是被我洗干净了，但是我还得把它们拿到碗柜里放好才算完事。从放碗的台面到碗柜只有几步的距离，但就这几步的距离我都很怕，我怕在这短短的几步之间突然一痉挛，手里的碗又摔个粉碎，那我又一个五十元就没有了。我只能告诉自己小心一些。

　　很多时候，事情就是这样，怕什么就来什么。就在我刚刚把左手的碗换到右手里，用左手去拉开碗柜门的那一瞬间，我的右手突然一痉挛，我的左手赶紧机械而本能地把那门嘭的一声关了。我的整个人也因自己这猛地一痉挛就摔倒坐在地上。这时我已顾不得自己摔倒的疼痛，我右手也在痉挛的这一瞬间本能地把碗往怀里揽，然后我的左手也跟着去抓、去拿。在它在我怀里翻滚的瞬间，我终于用两只手把它抱在了怀里。

　　这时，我在心里窃喜："还好、还好，五十元总算是没有出去，不然这'债'我得还到什么时候。"我一副狼狈相地坐在地上，怀里像抱什么宝贝一样抱着那个险些因为我的小小痉挛而被摔到地上的碗……

第三章

失语的小丑

街头问路，却无人能回答

我一个人晃晃悠悠走在路上，我打算去一个地方，老爸告诉了我地址。但我确实不知道那个地方在哪里。有时，我们在这个城市一住几十年，突然给你一个地方让你去探寻，你还真不一定能够找得到它。

于是我下意识放慢了脚步，正当我思考该往哪儿走的时候，我的耳边冒出了这样的声音："找不到路，就问嘛。人不是都说鼻子底下就是路。"我在心里一阵欢喜，我刻意让自己放"正"了脚步，想以此来缓解痉挛导致的怪异步态。

正值这时，我看见前面不远处有一个路人朝我走来。于是，我微笑着朝她迎上去。眼看我就要走到她的跟前，我正想张开口说："请问××地方应该怎么走？"让我生气的是，因我看见陌生人紧张，所以自然就导致了我的肌肉痉挛，这个时候我想要发音就更困难了。那路人看出我想问路，都停下来了，可见我结结巴巴开不了口，就有些生气地眼睛一抬，白了我一眼走掉了。

看到她走了，我很沮丧地望了一眼头顶的天空，天空里的云在那默默地流动。我很无奈地看了天空一眼，我的脑袋就耷拉了下来，我看看前面的路，又摇摇晃晃地朝前面走去。我一边走，一边想："我应该怎么办呢？"我一开始还在担心路人听不清楚我的声音，但是从刚才那位路人对我的反应来看，我因脑瘫这个鬼而获得的一副傻傻的样子，就足以让人对我避而远之了。

"那这样的话，我又应该怎么办呢？"我一边沮丧地走着，一边想。

"干脆回去吧，就给老爸说我找不到那个地方，让他自己来找。我就万事大吉了。"我这样想。

这时，心里马上有个声音对我说道："不行，这样的问题、这样的状况，我总有一天要独自面对的。"

"那应该怎么办？"心里那个懦弱的声音说。

接着它在我的耳边对我鼓励道："要不你再试试。"

于是，我又重新鼓起勇气，边走边在心里揣摩自己的失败。也许是因为刚才遇到的是一个年轻人，一般年轻人都没什么耐心，遇到我这样的唯恐避之不及的。我好像以此又摸索出了那么一点点的经验，想到这，我决定要找一个稍微年长一点的人当问路人。人年长一点会有耐心一点，估计能耐心听我说说话。

抱着这样的一个目标，我又继续走。好不容易看到一个年龄偏大一点的女人朝我走了过来。看她那不紧不慢的步态，我觉得找她问路准没错。我就又故意走到她跟前，在问她之前，我努力把舌头在口腔内活动了活动，也好以此把我口里多余的口水吞干净，免得我一会一朝别人开口，我的口水哗啦一下就下来了。等我觉得我该做的前期准备都做了，眼看那中年妇女也要朝我走过来了，我又故意地朝她迎了过去，当我感觉离她还有几步之遥的时候，我努力张开口，尽量提高我的音量，努力使自己把词咬准："阿姨，请问……"

我都做好那人又走掉的准备，没想到她居然在我跟前站住了，并面带善意在那儿等着我问。每当别人对我做出了接纳的样子我反而会紧张，因陌生带给我的一种害怕，反而使我结结巴巴，这结结巴巴直接导致我的音量都变小。我努力费了好大的劲对她说："请问××地方应该怎么走？"我听见我自己是说得挺清楚的。

没想到那中年妇女先是很认真地看着我，然后一脸疑惑，对我不好意思地笑笑并问道："什么？什么？你说什么？不好意思我没听清楚。"当我从她口里听见这句话，我瞬间就像一个原本被打得鼓鼓的气球突然就被人解开了扎口，先前鼓足的勇气瞬间就被泄得一干二净。

那妇女朝我摇了摇头，不好意思地朝我笑了笑，然后就轻轻地从我身边走开了。而我，万分沮丧地站在那，很无奈地看着她的背影渐渐远去。于是我只好无奈又无趣地往回走了……

怎么请个"傻子"来看店

有一天,爸爸外出去办事了。偌大一个店铺,就剩我一个人坐在一个洗面台上看书。因为自己说话不利落,我不喜欢这样一个人在店里看店。我在心里暗暗祈祷这个时候尽量不要来买主,不然我没法应付。

老爸离开后没多久,我正在那儿看书,一个体形微胖的中年妇女就从店外走了进来。看店这么久,经验告诉我,有的人只是闲来无事进店来看看,他们往往会在店里看一下就走了。所以,我根本就没必要起身,也免得别人被我怪异的步态和姿态给吓跑了。也许我也能侥幸做成一笔生意。先让买主看定了他想买的东西,等他叫我,我再站起来也不迟。

我就那样继续在那装作看书,没过多久我就听见那女的在那喊:"老板,你这东西怎么卖?"一听见这声音,我就知道自己不得不起来了。

我放下手里的书,双手稍微扶住一点台面,然后颤颤巍巍、摇摇晃晃从凳子上站了起来。此时,我发现女买主正在看我,而且表情有点怪异,她双眉紧蹙地问我:"你们这家店的人呢?"

每当我听见这句话,说实话我心里都好生气啊!我在心里狠狠对她反问道:"难道我不是人吗?"随后,我就朝她走了过去。在走向她的时候,我就已经让自己把那点积郁在心里的小小的气给消了。

"请问,你买什么?"我走到她身边含含糊糊地问。

让我没想到的是她还在那问:"你们店的老板呢?"

我回敬她一眼,慢慢开口道:"老板出去了,现在店里就只有我,你想买什么跟我说是一样的。"

她用眼睛轻轻瞪了我一下，问道："这个东西怎么卖嘛？"

我微微摇晃着头对她回答："八十。"我明明听见我清楚地从口里冒出了这两个字。

可我随后就听到那女买主声音有些大，一脸疑惑还夹杂着一些不耐烦地问："什么，你说什么啊？"

听见她这样说，我就知道她没有听清楚我的话。可能是因为我身患脑瘫，从小就被人嘲笑、欺辱，长期生长在这种环境下，我觉得我都有心理阴影了。所以，当别人稍微一质疑我，我就更怕，就更不知道该怎样跟人交流。于是，我的声音就放得更低，我说话也就更困难了。每当我陷入这种发音都困难的状态，我整个人身体的痉挛也就更严重地显现出来了。当这种痉挛出来了，脑瘫带给我的那副"痴样"也就毕露无遗地显现出来了。

正当我还站在那等她问我下一句话时，那女买主突然白了我一眼，就远离了她原本想买的那个架子。当她快要走出我家店门的时候，我清清楚楚看见她又转过头来白了我一眼，然后嘴里嘟哝了一句："什么老板嘛，竟请了一个傻子来看店。"

这句话像一个小石子砸到我的耳朵里，然后顺势掉到我的心里，让我觉得很疼。我立刻就感到一股强烈的委屈从我的内心涌出来，当它朝外涌动的时候，就演变成了一种屈辱，流进了我身体的每一个细胞。

此时，我很生气地盯着店门外，然后在心里狂骂："你才是傻子。"可脑瘫就是这样，我越想脱口而出的话却越很难一口骂出来。等我觉得自己那种窘迫所带来的紧张都过去了，自己也平缓下来了，那个骂我的人早就走得连影儿都找不到了。

但我还是对着那空空的店铺，喊："你才是傻子。"但这话，现在看来它应该一点作用都起不了。

我骂完又摇摇摆摆朝我刚才坐的地方走去,看到刚才摊在台面上的书,我有些愤恨地将它合上,心里狠狠地想:"看书有什么用,看再多的书也解决不了我因为脑瘫导致的严重的语言障碍。"想到这,我的眼里就流出两行委屈的眼泪……

外星人的语言

那天，我正在我们店外面的花坛边看书。爸爸刚外出安装回来，他走出店外端起他放在花坛沿上的茶杯喝了一口茶，就对我说："星汐，爸爸的胃现在不舒服。你去对面的那家药店给爸爸买一盒叫斯达舒的胃药来。"他说完就从裤兜摸出了买药的钱。我拿了钱就摇摇摆摆朝对面的药铺走去了……

我拿着钱来到对面的药铺。这间药铺很大，它四面都站了售货员，我直接走进了药店，走到那个离大门很近的药柜前。这时，一个穿白大褂的女营业员迎接了我。

"你想买点什么药呢？"她用眼睛瞟了一眼我，又用余光扫视了一下药柜里的药。

"我要一盒斯达舒，请问你们这儿有吗？"从我自己的耳朵听来，我觉得我自己说得很清楚。

那女营业员用眼睛瞟了我一眼，说："什么？什么？你说的什么，我怎么听不懂呢？"她几个"什么"问得我心里直发怵。我在心里问自己："我觉得自己说得挺清楚的啊，她怎么就是听不懂我说的话呢？"一听见她的质问，我立刻就处于一种本能的紧张。这紧张导致我说话的能力和质量直线下降。我觉得刚才说第一句话时我还能相对正常地吐出去，现在被人一质问，我立刻感到又陷入了那种连吐字都困难的状态。但是，我感觉我的意识还在拼命地"逼"我把想说的赶快说出来。于是我又在喉咙里吞了一口口水，费了很大的劲跟人说："我要一盒斯达舒，请问你们这儿有吗？"

我说完又看那女的一眼，我发现她此时的眼睛瞪得比刚才还大。她声音比刚才提高了一点说："你到底想说什么，我怎么听不懂呢？"

听了她的这句话，我瞬间就像泄了气的皮球一样。处在那样的一个时刻，我觉得自己很懊恼，我已经很努力地把我对别人说的话说清楚了，可别人还是听不懂。

我叹了一口气，很沮丧地站在那。"回去吧，回去让爸爸自己来买。"这时，我听见内心深处有个声音对我说。这个声音让我觉得更生气，我故意跟自己较劲一样，你让我走，我就偏不走。这家药店那么大，那还有几个营业员，我就不信他们都听不懂我的话。于是，我朝药店中间的那个药柜走去。那个营业员看我走去了，也就朝我走了过来。

"你要买点什么呢？"她问道。

"我要买斯达舒胃药。"因刚才的挫败，我感觉我说话本能地变得吃力了。

当我说完这话，那女的并不像平常对话一样立即回答我，而是脸朝刚才跟我说话那位营业员望去。她一脸无奈地望着刚才那位营业员，悄声对她问道："她说的是什么啊，我怎么听不懂呢？"她以为她的声音很小，可这句话还是被我听到了。

我听着她那样说，心里觉得很难受，也觉得自己站在那儿很难为情。以我的脾气，我真的想拔腿就走，但我又非常不愿意就这样走掉。

我听见刚才的那位女营业员跟她说："谁知道她说的是什么东西啊？她刚才站在我跟前跟我说了半天，我都没听懂。"

我跟前的这个营业员似乎心肠比较好，她虽然听不懂我说的话，但她很想帮我。于是，她又从另一个柜台叫来了一个女营业员，并对她说："你过来帮我听听，她说的是什么，我怎么听不清楚呢？"

于是，那个刚被叫过来的女营业员凑近了我，微笑着问我："请问你想买点什么药呢？"

经她们这一番折腾，眼前发生的这一幕幕，突然让我觉得自己有些可怜，有些可笑，还有些可悲。我不就想买一个斯达舒的胃药吗？为什么就没人能听得懂我说的话呢？

我站在那想走，但我还是不甘心就这样走掉。既然不想走就再鼓起勇气试一试吧，也许新被叫来的这个女营业员能听懂我的话呢？带着这样的侥幸，我又重新在那站好，然后清了清自己的嗓子对她说道："我要买斯达舒胃药。"那女营业员为了能尽量听清我的话，她偏着头，侧着耳朵对着我。但我说完，她居然愣在那儿了小半天，又用不解的眼神看看她左右的两位同事。她旁边那位女同事问她："听懂了吗？"

她不好意思地摇摇头，对我也无奈地摇摇头："对不起，我们都听不懂你说什么。你能不能让你的家人来买药。"

这时我听见另一个女的说："对的，我们都听不懂你说的是什么，你回去把你的家人叫来吧。药这个东西我们不敢乱卖给你，你去找一个能听得懂你说话的人来……"说罢，她们就各忙各的去了。而我，带着无限的沮丧和无奈一步一拖地走出了药店……

我要下车，请让我下车啊！

我今天刚发工资，去超市买了一个心仪很久，却又一直舍不得买的陶瓷杯子。从超市出来，我看了一下手表，快六点了，遭了，迟了。我下班一般是五点，妈妈要求我五点半就回家。

现在已经快六点，我超时回家又会被我妈骂的。我一边这样想着，一边以自己最快的速度往公交车站跑。当我刚好摇摇摆摆跑到公交车站时，就来了一辆开往我家方向的公交车。现在正值下班、放学的时间，所以这辆公交车上的人很挤。公交车门口都站满了人。我也不管，我想一定要挤上这辆车。

于是，我使出全身的力气，拉着公交车的栏杆好不容易才挤上了车。在我挤上公交车的那一刹那，公交车的门就关了，公交车开始缓缓移动。

看着这满车的人，我的眉头就皱紧了。像我这种说话吃力、口齿不清楚的人，一会怎么隔着这么多人跟售票员说我要下车啊。

车开了一站又一站，刚才还黑压压满车的人倒是越下越少了。公交车走了好几站，我才好不容易等了一个位置坐下了。不过，过不了多会儿我自己也就该下车了。

一会这公交车又停了。我在心里盘算着它上下乘客的时间，再过一两站我也应该下车了。

那个女售票员在询问乘客："下一站，某某站有没有下的？"

我坐在座位上答应："我要下。"不知道为什么，我在陌生的环境说话总是显得那么吃力和结巴。"那女售票员应该听清了我说的话吧？"我心里这样想。

那女售票员，没有回答我，但我以为她是听懂了我的话的。当我要下车的那个站快到了的时候，我就有些吃力地从座位上站了起来，然后朝车的前门走了几步准备要下车。

没一会，该我下车的那个站就要到了。我听见前面的驾驶员问售票员："这站有没有要下车的？"

那售票员居然说："走，没下车的。"我要下车的那个站瞬间就飘过了。这一下，我就着急了，我敞开嗓门跟那女售票员说："我要下车。"

那女售票员这下才好像听到了我的话，她狠狠地瞪了我一眼，很不耐烦地对我说："你要下车，你怎么不早说啊？这下车都开出站了，你才说你要下车。真是的……"

我听了这话，原本积压在心里的火就更大。在这种境况下我说话就更吃力，也更不清楚。我被怒火燃烧着，然后吃力地想跟她说："我早就跟你说过，我要在这一站下车的。"我知道我在愤怒中说的话，别说别人就连我自己也听不清了。

那女的好像也被怒火燃烧着，红着脸对我毫不客气地说："你说的什么，我根本就没听清楚，话都说不清楚还在我这儿跟我说。"她的这句话，好像刚好就戳到了我某个不能告人的痛处，我彻底就被激怒了。我还想跟她说点儿什么，但我感觉自己连话都说不出来了。就在这个时候，车停了下来。她一边推我，一边还狠狠地跟我说："你叨叨地说的什么啊？我根本就听不清楚。你下去吧！你呢，以后还是不要坐车了！"说罢，我就被她推搡着下了车。

然后，那辆公交车就呼啸而去，而我就愤怒地站在那儿。我想到这辆车开了好一段路才停下来，这样我又要走好远一段路啊。我原本回家就迟了，现在回去就更迟了，这样妈妈更会骂我的。想到那女售票员刚才在车上对我说的那几句话，几乎每一句，都戳中要害似的戳痛了我，心里越想越气。

在那种越想越气的状态中，我失去了理智。我顺手就把提在手里的包扬得老高，然后再狠狠地朝地上扔。在那样一个被愤怒和屈辱狠狠燃烧的瞬间，我已经全然忘记了我的提包里还装着我刚买的新杯子。当我把包扔到地上那一刻，听到杯子碎的声音，我这才想起包里还装着我刚买的新杯子。等我急忙打开包一看，杯子已经被我摔碎了……

吼山

一天之际在于晨，经过一夜的睡眠，刚睁开眼睛一看，已经清晨六点了。我起床洗漱完毕，把衣服换好就悄悄出门了。走到离家只有一段路程的4路公交车站，坐了4路车，就来到了我的目的地——玉垒山公园。玉垒山是我每天早晨晨练的地方。

"啊……啊……"当我还站在玉垒山的门口，我就已经听见从玉垒山里发出的一阵阵吼声。说实话，从这山间传出的一阵阵吼声对我有着某种魔力。脑瘫导致我有严重的语言障碍，使我连跟人基本的交流都存在困难。这山间的吼其实也是一种交流，而这种交流又不需要语言，当然也不再有障碍……

在这清晨，在那绿油油的山林间，冒出这一声又一声悠长的吼声，感觉是那么舒服、那么带劲……听着这绿林间传出的一阵阵吼声，它就如同一种力量吸引着我。

于是，我赶紧迈着摇摇摆摆的步伐，朝玉垒山走去。我刚一跨进玉垒山的门，突然就感觉自己的心宁静了。在我前方有一条稍微宽一点儿的路，向右手走，那儿有一条小路，那是非旅游道，一般只有本地人才知道。我从那条小路上山，不是有句话叫曲径通幽，那条小路就可以通到山上。

也许是这山里幽静的缘故吧，所以一进山门，瞬间就让人感觉神清气爽。清晨，人刚睡了一天，原本精神就好，再到这氧气充足的山上，更觉得神清气爽了。这个时候，整个人就感觉特别有活力。

我沿着那条小道爬山。当我摇摇摆摆爬了一段路的时候，我就停下来了。

这个时候，我看见前面有一个岁数比较大的爷爷，他正站在山边，挺起腰，仰起头，然后朝那山林一吼："啊……啊……啊……"他吼过后，整个山间都回荡着他的回音。

老爷爷那洪亮的吼声，引起了我的某种共鸣。我觉得，它自由、奔放、无拘无束，也许这正是身患先天性脑瘫、有严重的语言障碍无法与人正常沟通的人的一种绝对的向往吧。带着这种向往，我走近了那个刚才在我前面吼山的老人。这时，老人吼完了。

我这些天遇到些事心情不好，在这山间来走走，心情感觉好多了。但是，我始终觉得心里还是积郁着一些东西。"为什么不吼出来？把心里所有的不愉快，都朝着这山林吼出来。"这时，我的内心深处冒出了这样的声音。

这样想着，我就学刚才的那个老爷爷，对着那满眼的树林"啊……啊……啊……"地吼了好几声。

刚才那老爷爷转过身来，对我说道："就是要这样吼！"

我对他腼腆地笑笑，有些不好意思，又有些尴尬地对他说："我身带残疾，说话不清楚……"

老爷爷似乎丝毫没有在乎我说的话："你说话不清楚，你更要多吼。多多这样朝着大山吼，这样也练你的肺活量，也可以修正你的发声。就这样对着大山多吼，你只管对着大山多吼。你多这样吼吼，说不定对你以后说话会有帮助的。"老爷爷对我说完这话，就慢悠悠地朝山上走去了。

"是那老爷爷说的这个理吗？"我在心里这样问着。

我听见心里另一个声音在答："不管有没有道理，你只管朝这山间多吼就是了，反正你每天都到这山上来晨练。你就在你爬山晨练的时候吼上几句也好。京剧演员、相声演员不都是这样练声的吗？"

听了心里的那个声音，觉得也有些道理。反正这山上的人也不多，而且都是上了年纪的老人。而且我跟这些人也不熟悉，他们也犯不着笑我。

想到这些，我突然感觉到自己的嘴角微微上翘。然后我又走了几步，对着那山林深处，一声声"啊……啊……啊……"地吼开了。吼了之后，我也不确定这样的"吼"是不是真的能修正我的发声，但是我清楚地意识到我这样吼了以后，感到非常爽，觉得心里所积郁的那些沉重用"吼山"的这种形式吼出去后，整个人都觉得轻松多了……

于是，我又朝山上走了几步。在确保自己安全的前提下，我就对着那茂密而幽深的树林"啊……啊……啊……"。然后我站在那歇了一会，觉得自己没那么累了，我又朝山上走去，我就这样喊几声，走几步，一路喊，一路爬。在这样的时刻我突然觉得很快乐……

请不要挂我的电话好吗？

有一天，我又写了一首新诗，我把这首诗按自己的习惯改了几遍，我就想去投稿。老爸订了一份《天府早报》，按他的话说这是为我提高写作水平订的。我在这份《天府早报》里看见了它有副刊，于是我想把我那些用"三脚猫"功夫写的文字拿去投稿。可是，我怎么没有看见投稿的邮箱在哪里呢？

找不到就问啊，那《天府早报》上不是有新闻报料热线电话吗？当我拿起电话照着报纸上的新闻热线拨了号以后，我的脑子就在那快速地想，我一定要尽量让自己保持好的心态，最好能简明扼要地把我想说的跟别人说清楚。

当我这样想的时候，电话那端已经被接起："你好，这里是《天府早报》，请问有什么可以帮你的吗？"

听到电话被接起了，我就又开始莫名地紧张："你好，我是一个脑瘫残疾人，我写了一篇文字想要投稿……"还没等我说完想说的话，我已经听见电话里响起了一阵嘟——嘟——嘟的忙音。听到这忙音，我觉得一阵沮丧。这时，我在心里委屈地想："什么嘛，听我把话说完，有那么困难吗？"

放下电话，我委屈地、沮丧地站在那儿，但无论我多么委屈、多么沮丧，我都不甘心就那样放弃。我在想，我到底要怎么说才能快速地吸引别人，不至于让人啪一下就把电话挂了。

我站在那想了好一会，我对自己该怎样说大致有了一个构思，我又按下了电话上的重拨键，电话里又响起了刚才的前奏："喂，您好！这里是《天府早报》，请问有什么可以帮您？"

我又跟她重复了我刚才的话："你好，我是一个残疾人，我写了一篇文字想要投稿……"这次，我故意把"脑瘫"二字取掉了，我意识到大多数人都把脑瘫残障人士直接跟"傻子"画等号了。我要先让人接纳我，我才有机会跟人解释、辩驳。现在我最主要的目的是要把这通电话打成功。

没想到，我正在等电话那头接纳我、回答我，可它又传给我了一阵忙音。

就在这一瞬间，我好像被某种东西给彻底激怒了。你想不接我电话，就不接了吗？我这一上午，哪怕是被老爸骂，我也要把这通电话给打成功。我有些气馁地在那儿站了一会，又拿起电话按下了重拨键。

在我等电话接通的那一阵，我一边生气，一边在心里狠狠地说："星汐，你把字吐清楚好不好，尽量、尽量把字吐清楚，我只要你清清楚楚地说几句话。"

电话那头终于又冒出了人声，听见这声音，我尽量使自己清楚地说："我是一个残疾人，说话很困难，请你耐心听我说，不要挂电话好吗？"

对方听了我说的话，她终于对我开口道："你说吧，你有什么事。"这一次总算没有挂掉我的电话。

我说："我是一个脑瘫患者，我因脑瘫这残疾十二岁读书，十九岁辍学，我现在自学写了一篇文字想投稿。"

这次她好像听懂了我的诉求，她主动把他们报社副刊部的电话给我。我打电话过去，是一个男子接的我的电话，他在电话里问我有什么事。

我跟他在电话里简单重复了我对自己的介绍，并对他说："您可以把 QQ 给我一个吗？我们在 QQ 里聊，我因为从小患有先天性的脑瘫，说话不太清晰，我怕你听不懂我的话。我们在 QQ 聊好吗？"

其实，我已经做好被他拒绝的准备了。如果他挂了我电话，我再继续抱着电话打就是了，没关系的。没想到电话那头沉吟了一会，说："你手边有纸和笔吗？我把我的 QQ 号给你，你记一下。"

当我听到这，真的，我整个人都高兴坏了。我没想到，他居然同意了加我QQ。只要他加了我的QQ，我就可以把我想表达的都清清楚楚地在QQ里表达出来。这样的话，他就能完全明白我的意思了。这样子，我们交流起来也方便了。

人生中的第一次演讲

坐在店里看书,店里来了两个大学生模样的女孩,她们走到我的身边坐下对我说:"云星汐姐姐,你好。我们是水利工程学院××系的学生,我们学校有个清风文学社团三周年活动,我们想邀请你去参加。"

那天晚上,我和我们都江堰文化馆的余老师一同坐上了一辆出租车。我坐在车上看着街上滑过的那些街景,憧憬着大学的模样。

正当我在那儿憧憬时,余老师突然在我耳旁说:"等一会到了学校,你要演讲喔。"

当我听到这话,我整个人瞬间就蒙掉了。演讲,我这个连跟人基本交流都有困难的人居然一会要上台当着那么多学生,而且是大学生去演讲。想到这些,我都觉得我要被吓死了。我赶忙跟余老师脱口而出:"不行,不要说演讲,我因为脑瘫说话都很困难,我连跟人基本的交流都做不到。我怎么能上台去演讲?"这时,我的头不停地左右摇摆,摆成了拨浪鼓。

余老师一脸无奈又无辜地说:"那没法了,今晚你的演讲从你上车的那一刻就注定了。"

不一会,车就来到了那所学校的门口,我看见还有几个都江堰市文学界的老师也来了。其中的W老师看见余老师把我也接来了,他就如见了鬼一样,对余老师质问道:"你怎么把她也请来了?"

余老师毫不避讳地说:"我把她请来演讲的。"

W老师用一种很不屑的眼光瞟我一眼说:"她……她演讲?"我看他脸上

立刻就出现了那种似笑非笑的表情。然后他又据理力争在那说："她连话都说不清楚，你居然一会让她演讲？"W老师以为他这话很小声，但还是被我听见了。我就不喜欢这种一看到我的外表就对我产生怀疑的人。虽然，我之前确实没有进过任何学校做过任何演讲跟报告，但就在那一刻，我在心里暗自狠狠地想，我以后就要好好讲，看你还在门缝里看人。

随后，我就被先前来给我送邀请函的两个学生，还有他们这个社团其他的学生迎接着走进了学校。

被请进门后，我们一排文化界的老师就被安排到第一排。我坐在那听其他的文化大咖就我们都江堰的文化、文学史，还有相关的历史做了演讲。我坐在那儿跟没事人似的，原以为这些文化大咖就那样滔滔不绝地讲下去，我的演讲最后拖到时间不够就不了了之，那样就万事大吉了。

当我坐在那窃喜的时候，我突然听见余老师说："今天，我们清风文学社三周年的活动，我特地给大家请来了一位特殊的嘉宾。她呢，从小身患残疾，但是她很坚强，她因残辍学，但她从来就没有放弃自己，学校不要她，她就自学，她还发表文章。下面就请我们云星汐老师为同学们演讲。"

那一刻，我真的是很想找一个地洞钻下去。其实，这样的想法很无力，我知道我动作慢，这种慢让我意识到自己根本就没有喘息的机会。我现在很紧张，也很激动，根据以往的经历我知道当自己处在这样的状态下，我浑身的痉挛会比平时严重得多。

于是，我下意识就在站起来的那一刻去扶住桌沿，我想这样能够让自己的痉挛稍微轻微一点。结果，我的努力在那种极度的紧张中失败了。当我扶着桌子从椅子上站起来时，我面前的桌子在晃，椅子也被我弄得咯吱作响。

当我站起来时，我被一种不要太丢脸的信念驱使着。在那种紧张之中，我努力让自己稍微放松一点。我这时才发现台下黑压压的一片。这一刻被紧张、担忧紧紧包裹的我还是努力让自己开口说话："大家好，我叫云星汐。"当我刚开口说到这，也许台下的同学是为了鼓励我，他们竟响起了一阵热烈的掌声。

我属于那种给点阳光就灿烂的。当我听到同学们给我的那一阵掌声,我身体里好像因这一阵掌声而新添了一种能量,这种能量抵消了我的紧张。这时,我又用眼睛扫视了一下坐在台下的同学们,我发觉他们都很认真地坐在台下听我讲,而且好像很期盼我把自己的故事讲下去。

于是,我又定了定神,在嗓子里清了一下口水,故意把语速放慢。以我自己的经验我知道我语速一慢,我的话语就要清晰一些。然后我用一种诚恳的态度讲道:"我是一位先天性脑瘫患者,我从出生就带着这样的残疾,我从十九岁就辍学了。"也不知道是在座的学生对演讲者一种基本的尊重,还是台上讲什么台下的学生都会很认真地听,我以为有人会嘲笑我说话不清或老有同学会站起来质疑我说的内容,但我所担忧的那些情况都没有发生。刚才因第一次演讲强烈向我卷席而来的担忧和紧张在这种安静中仿佛在慢慢地退却。我一边用含糊不清的语言在那讲,一边却感觉我刚才因紧张而突然变得有些僵硬的肌肉随着这周围的安静在慢慢地放松下来。

因为是第一次,而且事发突然,我的演讲没有持续多长的时间就结束了。

用全民K歌练习发声

这天，吃过早饭妈妈就出去爬玉垒山了，而我因2012年的一场疾病过上了轮椅代步的日子。

妈妈走后，我一步一步地走到了书房。按我的惯例，我都要先拿着手机浏览一下朋友圈。这些天打开微信朋友圈，都看见我的朋友们在玩全民K歌，而且他们还把自己用全民K歌所唱的歌发到朋友圈里。

浏览完朋友圈，我就把手机放一边开我的电脑去了。当电脑的桌面显示出来，我脑子里突然蹦出了一个疑问："全民K歌是一款什么软件？"

于是，我就去打开网页，点开了百度搜索。我在百度搜索栏里输入了"全民K歌"，然后百度给了我这样的介绍："全民K歌是一款由腾讯公司出品的K歌软件，具有智能打分、专业混音、好友擂台、趣味互动以及社交分享功能。"

这时，我听见自己的心里有个声音在说：想知道这玩意是干吗的，下一个下来不就知道了。于是，我就马上拿着手机又回到了书房，在手机的软件商店下载了这款全民K歌软件。然后，按照它的提示得知还需要一个微信号或QQ号来登录。于是我就用了一个不常用的QQ号登录。登录进去，我看见界面上有"动态""发现""点歌""消息""我的"等内容。我这个人虽然因脑瘫说话有着严重的语言障碍，但是我却是极喜欢唱歌。这也许就是越缺什么就越向往什么吧。

我的手指摇摇晃晃按了"点歌"那儿。当这个界面一出来后，它那儿就有一个搜索，看到这我就知道在哪儿可以点自己想唱的歌来唱。

一开始，我只按照自己的喜好点，比如我非常喜欢的张雨生的《大海》。

但这首歌一开始就是："从那遥远海边，慢慢消失的你……"以我这说话都困难的语速，这首歌我最多跟着它唱几句就唱不了了。因为我发现说话都困难的自己受限于脑部运动神经受损的影响，在那么短的时间我根本就做不到句与句之间的换气。一句换气跟不上，那么下一句就肯定跟不上。要跟上曲，就得憋足了劲一口气唱下去。我憋足了劲，跟着那伴奏"跑唱"了几句，实在是跟不上就放弃了。

虽然我放弃了唱这首歌，但是我却发现我可以用这唱歌软件练歌，真好啊。虽然我跟不上那些曲调稍微快一点的歌，但我却清楚地意识到，如果我坚持用这种唱歌的方式练习自己的发音、咬字、吐词是有好处的。

这个想法，戳中了我大脑里某个兴奋点。像《大海》这类比较快的歌，我一遍遍"追"着歌词跑，一遍遍地跟不上，我唱了几遍就感觉已经很累了，就停下来不想唱了。这又让我清楚地意识到，我说话不能追求"快"，我必须得慢下来。

我还清楚地意识到连说话都比较吃力的我，只适合一些曲调比较慢的歌。这时，我想到了毛阿敏的那首《天之大》，这首歌是我在某一次坐地铁的时候听见的。当我听到它的歌词，我突然有种想哭的冲动，也许是因为我妈妈独自一个人带大我的原因吧。

于是，我就点了那首歌的伴奏，随后，《天之大》的前奏就出来了。当它的前奏响起，我那想哭的冲动随着伴奏一起立马就出来了，但我一转念想到我是来练歌的，这个时候根本就不是我抒情的时候。我的理智告诉我之所以下载这款K歌软件来K歌，我是希望通过"练歌"，能让我的语言发音有所好转。

前奏结束后，我就跟着它唱起来："妈妈，月光之下，静静地我想你了，静静躺在雪里的牵挂……"我那吃力而又非常含糊的声音就随着这首歌的音乐伴奏在我的整间书房里飘荡开来，唱到这首歌的高潮的时候，我又觉得自己的气息和语调均有些稍稍跟不上。但这个时候，我在心里跟自己说，唱得好不好没有关系，唱得清楚不清楚也没有关系，反正现在家里一个人也没有，我不用担心有人因为我唱得很差劲而嘲笑我。这样想，我整个人就完全放松下来，然后就一心一意跟着这个唱歌软件唱。

我自己在灵魂深处给自己鼓劲，就是自己再累再难，我也努力让自己保持一个平稳的气息，然后跟着这首歌的曲调唱下去。

有时候，我就盯着一首歌，就那样死拽着它一遍又一遍地唱下去。我常常是这样的，一首歌连着唱了好几遍，然后又让自己坐在那儿歇一歇，歇够了我又开始唱……

独闯出版社

在成都有一家四川××出版社,我今天决定独自一人去这家出版社一趟。但是今天的天气并不好,一大早起床,天空就开始落雨。但是,我一旦做了决定就很难改变,因此我绝对不会改变计划。

于是,我吃完早饭,收拾好这一天自己需要带的东西,就坐了到成都的长途汽车,到了成都后我又坐了辆公交车来到了那栋比较显眼的出版大楼。

我站在大楼前从下往上地把面前的这出版大楼望了一遍,然后我信心满满地走了进去。我刚一进大厅,我就在那儿感叹,这里看起来好气派啊。正当我还在想这四川××出版社它在几楼呢,突然,我听见一个人对我喊道:"喂,那人,你是干什么的?"我朝传来喊声的地方望去,一个穿灰色保安服的保安朝我走来。

我看到他朝我走来,我的心里有些紧张,我想他肯定是要问我话的。果不其然,他走近我问道:"你是来干吗的?"

我看着他那理直气壮的样子,立刻就在心里告诉自己:"云星汐,不要怕,你是一个作家,你来是投稿的。"于是,我吞了一口口水,等我觉得把口水清理干净后,我用含糊不清的语言对他说:"我是一个作者,我刚刚完成了一本自己的新书。我到出版大楼来是投稿的。"说到这,我特地跟他指了指通向楼上的地方。

"请问你有证件吗?"我无奈地对他摇摇头。

他板着一副职业脸说:"那对不起,你不能进去。"说完,他就给我比了一个请回的姿势。我很无奈地、垂头丧气地走出了出版大楼。刚出出版大楼的门,我看见天空中还飘着雨,我就撑开雨伞走了。当我走了几步,发现这出版大楼的旁边还有一个小门,门外挂的招牌也写着"四川××出版大楼"。看到这,我还是觉得有一点点地不甘心。

"要不从这再试试。"这时,我听见一个声音在对我说。于是,这个声音阻止了我的脚步,我就朝铁门里面的门卫室走去。我原本想装模作样、悄无声息地就混进去,但是我刚要往里走又被一个保安给拦住了。

"站住。你是干什么的?有什么事吗?"我听到他的这问话,我想刚才的计划是行不通的了。反正现在天下那么大雨,我走在路上也不方便,要不就在那保安室里躲躲躲雨……

于是,我就朝保安室走去了,我站在保安室的门口。保安室里的两名保安既不理我,也不轰我。

我站在那躲雨并没有想其他的,此时我的心情反而很放松。见他们对我并不是很反感,我就一边站在那靠着那门,然后抱着试一试的心态,像是自言自语,又像是对他们说:"我是一个残疾作者,我花了三年的时间写了一本书,我想出版。"

他们确实是听到了我的话,其中一个保安说:"你来找出版社啊?你怎么不走前面?"

我沮丧而又老实地跟他说:"我刚才是走前面的,可前面的那个保安,他不让进。"

那保安又对我说:"他们不让你进,那我们也不能让你进喔。"

我听见他们的话感到很沮丧,我仍然站在那门口对他们说:"请你们行行好。我是一个身患小脑偏瘫的残障人士,我说话和手脚都不太方便。我写东西都是靠一个指头打字,我好不容易才写了一本书。你们让我进去呗。"

"小姑娘,天下着雨。你呢先就在这躲躲,等一会雨小一点你就回去吧。前面不让你进,我们也没办法。"一个保安对我说。

听到他这话，我很生气，也很沮丧。反正现在天空中还落着雨，我就在这儿等……我站在那儿沉吟了一会，又对刚才那保安开口道："就是嘛，你看这天空还落着雨，就这样我也来了。我是真的很喜欢文学创作，我好不容易才写了一本书。我就想进去找四川××出版社投投稿，我就想带着我的稿子进去试一试，就请你们帮帮忙，想想办法吧。"我努力让自己把话说清楚，努力表现出非常诚恳的样子。

那两个保安听了我的这番话，我听其中一个保安问另一个保安："四川××出版社在几楼呢？"

一个保安悄声地回答他："六楼。"

然后，他又看了我一眼，那眼里好像有不忍，也有那么一点点怜惜："四川××出版社在六楼，你去吧。"

听了他的话，我突然很激动，我用含糊不清的语言谢过他，然后就朝四川××出版社走去……

为自己争取的一次演讲

这天，老妈不知道从哪儿拿回一张关注贫困儿童温暖过冬的宣传单，老妈把它放到桌上，我就去拿起那个宣传单在那儿看。我看见这宣传单的下面留了一个电话，而且这电话的主人是四川外国语大学成都学院的一个学生。

看到这，突然让我感到一阵狂喜。我把那张宣传单拿到自己的手上哈哈在那笑。这时，我听见心里有个声音在严肃地问我："云星汐，你每次这样笑，你都想干'坏事'。你这次又想干吗？"

我拿着那张纸笑笑，在心中说："你说，我们去这所大学里演讲好不好？"

我心里那个理智的声音对我骂道："你疯了，别人进大学演讲都是邀请才有可能去的，特别是这种在省内都算得上是名牌大学的。"

"哼，我才不听你那一套，被邀请去演讲，说白了就是虚。"于是，我把那个声音甩到好远的地方去了。然后我就拿着手机，照着那个宣传单上的电话给他们打了过去。

像我这种连说话都困难的脑瘫残障人士，别人连听我说话都觉得困难，如果我想要去大学分享，就必须自己去争取这样的机会。一个人只有自己最清楚自己的情况。

这时，我又听见那个理智的声音说："云星汐，你快把手机放下，快放下，你仅仅凭一个手机号就想去联系一场演讲，这太荒唐。"

我听到这声音在我的耳边叽叽喳喳，我转了一个身，有些理直气壮地反问它："什么叫太荒唐，上天今天让我看见了这手机号，而我看见手机号又确确实实产生了这一想法。"电话里还在嘟——嘟——地响着,我又在心里对它说道:"既然有这个想法我就要去试试,人说不撞南墙不回头,南墙这个东西到底是什么鬼才清楚!没撞开是南墙,万一撞开了呢?说不定那就是另外的一片风景,谁知道呢?"

我调整了自己的心态,电话嘟嘟声还在继续,我赶紧硬生生地掐灭了自己所有想法,全神贯注地去凝听电话。

这时,我的心咚咚地跳起来了,然后瞬间脸也感觉红起来了。我在心里很严肃地骂自己:"你怕什么,现在你已经是一个作家,有什么可怕的。你慢慢跟人沟通,人家会知道你的想法的。大不了就是被人拒绝嘛。"

"喂,你好。"电话那头传来了一个女孩甜美的声音。

当我听到那声音,我知道我所有的退路都没有了。我让自己稍微凝了凝神,然后说:"你好,我是一个残障人士,我说话很不清楚,请你耐心点听我说好吗?"

对方甜甜的声音又传来了:"好的,你说,没事的,我听着……"

于是,我的心就放了下来。我开口道:"是这样的,我是一个残疾作家。之前呢,我也到过很多地方去演讲。"说到这我意识到我很累了,于是我就跟她单刀直入地说:"我想到你们学校去做一次演讲,我想把我的故事讲给同学们听。"

对方"嗯""啊"声交替着,感觉有些被我弄晕了。她在电话那头沉吟,我也在问自己为什么非要到学校去演讲,难道就仅仅是我因脑瘫这样的残疾辍学?我当即就否定了自己这样的想法,于是我就在那一刻说出了真实的想法:

"现在在中国有8500万残障人士,而在这8500万的残障人士中,有60万脑瘫残障人士。脑瘫残障人士因脑部运动神经受损,说话和行走都不太方便,所以常常被人们误认为是傻子,是痴呆,但是这是一种狭隘的认知和误解。"话说到这,我有些激动,而且我因这激动而又有些累了。

但我在这一刻反而不能停,即使之前我已经跟人简单介绍过我的情况。但我真的很害怕,我稍微一停,别人就打断我,并以听不懂我的话为由而挂断电话。我知道我不停会很累,但想要让自己继续说话就得继续鼓很大的劲。于是我又鼓起一股劲说:"因此,我想到你们学校去演讲,去跟你们讲讲我自己的故事。从而让你们知道,在这个社会上还有一种像我这样说话不清、走路不稳的人,但我们并不像常人定义的那样,是痴呆,是傻子……"说到这,我也实在是说不下去了。

然而我竟听到对方说:"你的话我听到了,这个事我要跟我们学校的团委说一下。"

之后又一拖几个月过去了,我忍不住又打电话去跟他们询问。他们回复我说,因临近年关,学校的活动多,等过了年,来年的三月,就请我到他们学校去演讲。

这一刻,我的心里好高兴啊,我一个有严重语言障碍的人,居然就凭自己一己之力成功联系了一场演讲,而且演讲的地方,还是四川境内比较牛气的大学——四川外国语大学成都学院。

大学校园里的演讲

那年的春节有些晚,春节刚过完就到3月了。每年的3月5日是学雷锋纪念日,所以在大学里3月就是雷锋月。四川外国语大学成都学院告诉我,我到他们学校的演讲都已经定了,就在3月的17号。当我知晓这个日子时,我觉得好巧,因为去年我有一场演讲也是3月17号。

当天,我跟妈妈坐公交车来到了四川外国语大学成都学院。当妈妈推着我来到门口时,接我们进学校的同学还没有来,我们就在那等。就在这时,我坐在轮椅上望了他们那庄严、巍峨的校门。"四川外国语大学成都学院",当我浏览这几个字时,突然有种想哭的冲动。我——一个因罹患脑瘫说话非常困难的残障人士,今天居然有机会到这样的大学来做演讲。那一刻,酸甜苦辣齐聚我的心头,我赶紧收住了自己的情绪。

这时,两个之前约定好的大学生已到校门口来接我了。现在是3月中旬,所有的花都处于那种刚刚开放或似开不开的状态。我由妈妈推着跟同学们往前走,等我被推进教室,我看见教室都被同学们坐满了。一到教室我就从轮椅上站起来了,同学们就把我的轮椅放在了教室的门边。

然后,我被同学们扶着走上了讲台。当确认要来参加这次分享的同学都到了的时候,由一个同学把我的情况简单地介绍给同学们,我的演讲就正式开始了……

我首先打开了我差不多花半个月时间制作的PPT。一份相对"完整"的PPT,在我这儿是一种弥补、一种辅助。

我的第一张 PPT 是我的介绍，我选了一张我坐在海边照得非常美的照片做配图，然后旁边是我的简介。

因为我这次演讲的对象是四川外国语大学成都学院社工部，所以这儿的同学大都是一些志愿者，他们会从事志愿服务。而我的这次演讲，就想从这方面来进行。

接下来的这张 PPT 我找了一个心形的照片，并在下面写上"人生的首要任务是爱"。

我指着这张照片，然后对台下的同学们尽量用清晰的语言说："人生的首要任务是爱。我觉得我们有幸活在这个世界上，我们首要的任务是爱。这一生，我们一定要找一件事物、一个爱好，甚至是一种信仰去爱。"

我坐在台上，一边讲一边用眼睛瞟着台下的同学，我看见台下的同学一个个都很认真地坐在那听我的演讲。这一刻，我的心里感觉到一种前所未有的荣光和满足。

讲完了这张 PPT，我又换到了下一张。下一张 PPT 叫"特殊中的特殊"，里面配了一张我和奶奶的合影，右边我用黑色的 18 号字写着："在常人眼里，小脑偏瘫的孩子，是个残疾的孩子。在残疾人群中他们同样受排挤，因为他是个与众不同的孩子。"

看到自己做的这张 PPT，我立刻把坐在椅子上的身子正了正，然后我清了清自己的喉咙，对在座的同学们讲道："如果我今天不是告诉了你们我的情况和我过往的一些故事，告诉你们我是作家，我就那样平平常常以我的姿态走在路上，你们其中百分之九十的同学都会认为我是傻子。"

我叹了一口气让自己慢了下来，我又对他们说："你们也别诧异我这样说，其实这一点也不奇怪，我……"我特别在说到这时稍微让自己做了短暂的停留，然后缓缓地开口道，"我因为身患先天性脑瘫这样的残疾，说话含糊不清，走路不稳，我一言一行看起来都很怪异，所以常常被误认为是傻子。"

说到这，为了同学们对脑瘫患者有个感官上形象的认识，我故意把手从桌面上举了起来，因为我知道自己的手一旦离开了桌子的这个支点，它就会晃。我一边举着我有些晃悠的手，一边说："就像这样。"

之后，我又把手放下来。我仍然用非常诚恳的态度说："脑瘫这个病带给我的远不止这些。我所说的这些，都是你们看得见的，还有你们不容易看到的。例如，我还得面对不知道何时何地就会发生的痉挛以及它所带给我的尴尬和破坏。"

当我把这些讲完，我又去看了看同学们。他们那专注的表情告诉我，他们都在很认真地听着我的演讲，我甚至还看到有的同学在台下做着笔记呢。

我的演讲还在继续，下一张 PPT 是大诺老师从北京来看我时，给我拍的我用一根手指打字的照片。我指着这张照片跟同学们说："这就是我平时创作时的状态。"当我讲到这张 PPT 时，我又把我的那只不方便的手伸离了桌面，我对同学们说道："很多人都很奇怪我明明有五根手指，为什么我只能用一根手指打字。"

我特意伸出五根手指，让我的五根手指动了一动，并对同学们说："因为脑瘫这个病也影响了我的协调能力，所以我在打键盘的时候，当我食指按下去了，我的中指就不能接着准确地按下去。"

后来，我又跟他们讲了我遭遇了"5·12"大地震，也跟他们讲了我就算在无家可归的状态下也仍然去做公益……

谢谢，成了我们彼此的语言

演讲到一半，我突然意识到我这样干讲也没什么意思，于是我在PPT的中间插了一篇一次我出去做公益后回来所写的日记。我点开那张PPT，然后对同学们说："我这儿有篇日记。这篇日记记的是我一次外出做公益的所有感受。"然后，我让自己做了一下短暂的停留，尽量使自己微笑着说："下面，我就想请同学们来帮我念一念这篇日记，让我们大家来一块感受一下做公益的乐趣。"

说完这话，我就用眼睛扫视了一下台下，一位女生举手，我就请她上来念我的这篇日记。当自己刚从一场激烈的演讲稍微停下来后，我才感觉到自己很渴。然后我就有些吃力地把自己挪下讲台，去下面第一排的位置上拿起水杯在那儿喝水。我坐在台上有些吃力地坚持着我的演讲，我真的觉得有些累了，但是即使再辛苦我都希望由自己来完成我的演讲。因为只有我自己才最最了解，作为一个脑瘫残障人士一些最真实的感官体验，别人再怎么深入了解，也不知道有些细节到底是怎么回事。

然后，我就坐在那儿听着同学念着自己的日记。在喝水的间隙，我回头好好地环顾了一下教室，我看见教室里的同学们都在认真地听台上的同学念我的那篇日记。

这一刻，我突然觉得很奇妙，我一个曾经因为说话困难在药店连药都买不到的人，今天居然通过自己的努力来到了四川外国语大学成都学院做演讲。

此时，讲台上那位读我日记的女同学的声音把我拉回来了。她走下台来，我又重新把自己移回讲台，继续我接下来的演讲。

因我的说话能力已在前面演讲中差不多都耗尽了，同学们也听得有些吃力了，所以，考虑到种种因素，没过多久我就结束了这场演讲。

这一整场演讲下来确实也很累了，演讲结束后，我就坐在那休息。

这时，我听见主持人说："我们的星汐姐姐为了这次演讲，她付出了很多。她今天和她的妈妈坐着公交车从都江堰来到我们的学校，为我们献上了这一场精彩的演讲，现在让我们以最热烈的掌声谢谢我们的星汐姐姐。"主持人说完就向我深深地鞠了一躬。

这一刻，我身体里的所有的细胞沉浸在深深的感动和激动中，我感觉眼泪都要被那种巨大的力量给冲出来了。

当主持人宣布演讲结束后，同学们纷纷朝教室外走去，而我还坐在那儿，我想再喝几口水，等同学们差不多都走完了，我再慢慢地坐上我的轮椅走。

就在我休息的时候，一个又高又帅气的男生，突然走到我的面前，然后很端正地站着，好半天都没说话。过了好一会，他很平静地对我说："星汐姐姐，谢谢你。"就这句话，非常简短，说完他就离开了。

当我还沉浸在这个男生对我简短而庄重的谢意之中，一个女生又走到了我的跟前，我看见她的眼睛都是红红的。她带着甜蜜的微笑对我说："星汐姐姐，我听了你的演讲很感动。"我听了她的话朝她笑笑，因为近一个小时的演讲真的令我太累了，我只能用微笑来掩饰我的累。

然后她又对我说："星汐姐姐，你的演讲让我真的很感动，我好喜欢你。你可以站起来，让我抱抱你吗？"听了她的话，我也觉得很感动。于是我摇摇晃晃地从位置上站起来，朝她张开我的双臂，并对她用含糊的语言说："来吧，我们抱抱。"随后，那个女孩就给我了一个热烈而温暖的拥抱。

她抱着我，在我耳边哭泣着说："姐姐，我真的好喜欢你，谢谢你今天为我们带来了一场这样的演讲。"她的拥抱让我感受到了一种质朴的温暖。我一边抱着她,一边用手轻轻地拍着她,在她耳边说:"其实,我也好谢谢你们,谢谢你们能够来聆听我的这场演讲,能给我这样一个分享爱和传递爱的机会……"说完,我的眼泪也轻轻地从我的眼角流了出来……

花好美，笑好甜

现在正值春季，是一切繁花争相开放的时候。当演讲结束后，妈妈推着我走时，我突然看见种在校园里的桃花开了。因为今天完成了这样一场演讲，心里的那种因自信而生发的激动和喜悦，让我特别想臭美一番，我就让妈妈把我推到离那桃花最近的地方，然后自己一步一步走到了那棵桃花的边上和桃花合影。

照完了桃花，妈妈又推着我来到了校园门口。这时，说好来接我的幺爸还没有来。也不知道是不是辍学给我留下的伤，我对学校始终有种恋恋不舍的感觉。当我坐在那儿回望大学校园的时候，我就让妈妈在学校大门口给我照相，而且一定要把"四川外国语大学成都学院"几个字给照下来。我现在虽然已因二次生病坐在轮椅上，但我觉得自己这一刻是美丽的，而且这一刻的美丽是任何时刻都无法代替的。我非常希望妈妈能为我留下这美丽的时刻。

我们坐在那儿等了一会，我的幺爸就开车来接我了。我的幺爸和妈妈两人把轮椅放到车的后备厢，然后我们就坐上了车。

现在正是开春的时候，车窗外一路都可以看见正在盛开的油菜花。看着窗外依依从眼前滑过的油菜花，我觉得心旷神怡。此时车在往前跑着，但我的思绪却还沉浸在我今天的演讲里。

我偶尔也听着幺爸和我妈妈的对话。

"她今天演讲多长时间？"开车的幺爸问。

"喔，讲了很长时间呢。"

幺爸和妈妈的话，随风有那么一两句溜进我的耳朵里……

听到这些我会心地笑笑。我的内心里全是刚才演讲的激动，还有刚才演讲结束后那个对我说了声"谢谢"的男孩给我的激动，还有那个女孩给我的拥抱。

这时，我想到曾经我在一辆公交车上，因为脑瘫带给我的严重的语言障碍，最后被人很粗鲁地赶下了车，自己气得摔包的事。

今天，当这件事再次在我的脑海里出现，我对它已然没有了当时的伤感和委屈，只是对它莞尔一笑，感觉它就像天边的一朵浮云一样过去了。

今天，同样一个因脑瘫有严重语言障碍的我，居然通过自己的努力，争取到了到四川外国语大学成都学院演讲。这想来有些不可思议，但它确确实实发生了。此刻，我对今天所发生的一切还有种极度不真实的感觉。

思绪到这，我突然有种想哭的冲动。因为我想到我曾经在老爸的店里被那些顾客侮辱："什么老板，居然请了一个傻子来看店。"

而如今，这个别人口中的"傻子"居然有机会，来到知名的大学里做演讲。

车子向前飞快地行进着，窗外的风景如流动的画卷一般从我的眼里滑过。此时，我透过车窗外，看见那一朵朵飘在天空的云。

我嘴角不自觉地露出了微笑。我望着一朵云，在心里暗暗地问："奶奶，您是否在天堂看见了，您这个说话含糊不清的孙女，如今她通过自己的努力，已经能到大学去跟那些大学生演讲了。"想到这，我的眼泪就出来了。过了一会，我又感觉自己笑了，我虽然看不到自己的微笑是怎样的，但我隐约能感受得到它应该是那种很甜很甜的微笑……

第四章

来，我们端起酒杯干杯

我竟端不稳一杯水

"星汐,妈妈要吃药,你去给妈妈把水杯端过来。"妈妈腿摔伤了,她此时正躺在床上不怎么能动弹。

听到妈妈的话,我眉头紧蹙。这个时候,我很自然地就想到了我的手。我的手摇摇晃晃,它就端不稳水。但家里除了妈妈,就只有我。听了妈妈的话,我微蹙着眉头走到厨房里,提着温水瓶来到了我们平日里吃饭的台面。我把水瓶的盖子揭开,然后往妈妈的杯子里倒水。

我的手虽然摇晃,但我还是强迫自己去提起水瓶。杯子,此刻就放在那儿,我提起水瓶往杯子里倒水,我眼睁睁看着我摇晃的手提着的水瓶也跟着摇晃。因这样的摇晃,有些水倒在杯子里了,有些水却洒到了外面。

就这样,我倒好了妈妈要喝的水。我盯着这杯水,脸上出现了为难的表情,我很无助地深深地叹一口气。片刻,又因不得不行动而鼓起勇气,然后伸手端起那杯水。我刚刚端起那杯水,我的手微微地一晃,水杯里的水也跟着轻轻地一晃。这一晃,水杯里的水就溅出来了,这让我不敢走了。这个时候,我多么希望有一个人能帮我把这杯水给我妈妈端到病床边,但是我回望空荡荡的屋子,家里除了我再没有其他人了。这时,一种深深的无望侵袭了我的心,我又望了望手里端的那杯水,再想一想此时躺在病床上的妈妈。我又鼓足一股力量,想通过这种力量让那只不方便的手把杯子给稳住。

就这样,我端着手里的水杯走了几步。我开始迈步身体就开始晃动起来,身体一晃动手也跟着晃动起来了,水杯里的水又开始浪打浪,就又从杯子里溅出水来。我也管不了那么多了,我就端着那杯水一直这样走。我走两步就荡出来,走两步又荡出。我就这样一路走一路荡,摇摇晃晃把水端到了妈妈的病床面前。

等我停下脚步一看,水杯里原本满满的一杯水已经被我荡出去了大半杯。

当我把这杯水端给妈妈时,我感觉我的脸上出现了一丝愧色。接着,我把药给妈妈拿出来,摊在手上给妈妈吃。

妈妈接过我手里的杯子,眼睛下意识看了一下水杯里的水,瞬间她的眼睛就变得红红的了,然后有些哽咽地对我说:"水,被你洒了不少吧?"

听了妈妈的话,我不好意思地低下了头。随后,妈妈就把药放进嘴里,然后喝了一口水就睡下了。

看着妈妈睡下了,我就拿了水杯走出了房间。当我拿着水杯转身一看,我端着水杯来的这一路都是我洒在地上的水,我的心里又恼又火。

我沿着那水迹走了几步,我又站在那儿回头望了望妈妈的房间。此时,我妈妈正躺在病床上,这个时候她是最需要我照顾的,但我却连给她端杯吃药的水都那么困难。想到这,我心里突然很难受,泪水从眼睛里悄悄地流了出来。

我也不知道自己为什么就端不稳一杯水,但眼前我洒在地上这一摊摊水,它就是赤裸裸地告诉我,我的手就是抖的,我就是端不稳一杯水。我一路绕过那些水迹,迈着摇摇晃晃的步子把杯子放进厨房后,我又走到厕所里拿了拖布,沿着那一路的水迹拖。地上的水被我一点一滴慢慢地拖干净了,但是这些水迹好像从地上跑到了我的心里,我的心此时装满了无助的泪水,感觉心里沉沉的。

妈妈，为一个电视剧的情节流泪

天，渐渐地黑了下来，我正在屋里做自己的事情，隐隐约约听见一个女人的抽泣声。可这家里除了妈妈和我再没有别人，我觉得是我听错了。妈妈平日给人感觉总是一副女强人的模样，她这个人从来不在人面前轻易地掉眼泪。既然听见妈妈的屋里有声音，我还是有些不放心，想去看看。我有些摇晃地走到客厅妈妈看电视的地方，看见妈妈正埋头蜷缩在那儿。我想走过去看看妈妈她到底怎么了。当我走近一看，我发现妈妈的肩膀在微微地抖动，而且从妈妈的臂弯里还传来了她轻微的抽泣声。

妈妈很少哭泣，一听见她哭泣，我的心里难免就有些慌。我走过去，把妈妈低下的头轻轻地往上抬了一抬。此时，我才发现妈妈真的哭了。映着那电视里透出来的光，我看见妈妈眼睛红红的，眼里还闪着泪光。妈妈一副伤心的表情望着我，看着妈妈眼里的泪光我觉得有些心疼。

"妈妈，你怎么了？"我哽咽着问。

妈妈把头扭开，她一副不想看到我的样子。这个动作更像是她在躲避自己的脆弱。她用手揉了一下鼻子然后借机把我推开，哽咽地对我说："走开，我不要你管。"说罢，她便转过头去。

一时间，我有种不知所措的感觉，我就那样愣愣地站在那儿，走也不是留也不是。妈妈的肩膀还在继续抽动着，我想就这样继续让妈妈哭也不是一个办法，出于一种爱的本能，我又走近妈妈，然后蹲下用手去碰妈妈。我一碰妈妈，妈妈就把她的身体移开了。我就又站起来走了两步，走到妈妈的跟前去，然后蹲了下去重新把妈妈埋在臂弯里的头轻轻地抬起来。

妈妈满脸的泪痕，眼睛里依旧是眼泪汪汪的。我又轻声地问妈妈："妈妈，你怎么了？到底为什么哭？"

我很心痛也很认真地看着妈妈。妈妈听了我的话，定眼看了看我。也不知道我是触及了她的哪根神经，她此时好像比刚才更伤心了，她竟呜咽着哭出声来，眼泪也像小溪一样哗哗地流了出来。我被妈妈的这种状态吓着了，我用力地摇了摇她。

妈妈含着泪的双眼望着电视剧里的画面，然后她跟我说："我看见电视剧里别人生病都有人照顾，而我生病连个端水吃药的人都没有。"说完她像一个小孩一样竟伤伤心心地哭了出来。

眼前的妈妈让我非常心痛。想到妈妈前段时间生病，我连给她端一杯水都端不稳，那洒了一路水的场景，在这个时候闯入了我的脑海。也不知道是被这个场景给刺痛了，还是怎么着，一股更强烈的伤感撞击了我的胸口。

我一把把妈妈给抱住，这一刻，我非常想给她说："妈妈，不要怕。你生病了，有我呢。"但就这一句话，我却觉得自己怎么也说不出来。因为我清楚地知道就这一个小小的要求我都做不到。

这个时候，一个残酷的声音告诉我，那个连一杯水都端不稳的我才是真真实实的我。这个时候我好像瞬间就被一种深层的绝望击中了要害。

当我陷入这种情绪的时刻，我真的有种很无助的感觉。我环顾四周，好想找一股什么力量去抓住，但我四周却空空如也，没有什么可以让我抓住。于是，妈妈在我的怀里抽泣，而我的眼泪也因那深深的绝望而哗哗流了出来……

怎样才能端稳一杯水

此时，妈妈出去买菜了，家里就又剩下我一个人。其实妈妈的病还没有完全好，她去买菜之前我就问："妈，你的腿脚还没有好利索，买菜要不就别去了。"

"我不去买菜，家里就没有吃的了。我不去，你去吗？"妈妈站在门口，假意把菜篮递给我。而我，站在那儿不敢接茬。

门嘭一声关掉了。母亲刚才那句"我不去，你去？"，又触动了我。为什么我就是端不稳一杯水，这样的问题又深深地困扰着我。此时，一种潜藏在我内心深处的意识驱使着我来到了厨房。我就站在那儿，扫视着厨房，我看见放在厨房台面的一杯水。

此时，它好像无声地站在那儿嘲笑我："呵呵，你就是笨蛋，你连我都端不好。一端我，你摇摇摆摆就会把水全洒出来。你妈妈生病了，你都照顾不了。这就是你。"我气冲冲走过去，端起它就想把里面的水倒掉。

当我端起它准备倒掉里面的水的那一刻，有个声音从我的心底跑出来："这个杯子和这杯水都没有惹你。你拿杯子和水置什么气，有这置气的工夫，你不如去想想如何才能端稳一杯水。"这个声音让我整个人都缓了下来，我把水就那样平静地端在手里。我这样平平地端着水还不至于洒出来，于是我又端着它在空中平移。刚端了短短的一段距离，水杯里的水又像浪花一样在杯子里"波涛汹涌"，见此情形，我赶紧停住脚步，稳稳地端着杯子，杯子里刚才的"波涛汹涌"才停下来。

我端着杯子在洗碗池那儿站了一会，见杯子里的水又恢复了平静，我才又试探着端着杯子在池里晃，杯子里的水立刻又"波涛汹涌"起来。

"这样不行，我就是端不好一杯水。"我端着那杯水，想重新把它放回到台面上。就在我颤抖着手重新把它放回到台面上的一瞬间，我的手摇摇晃晃把杯子里的水晃了出来，现在桌面上大一团、小一团被我洒得四处是水。

就这么一小会，我的手已经端得很累了。我要怎样才能端稳一杯水呢？我有些懊恼地看着台面上的杯子，有一种不知所措的感觉。我绞尽脑汁在那儿想，我端不稳一杯水，水会从玻璃杯里溅出来的原因是什么？

一个声音在那儿默默地答："端不稳一杯水，水从杯子里溅出来的原因就是杯子里的水太多了。"听到这个声音后，我在那儿想："是这样的吗？"

"不管是不是这样，总得试试再说。"既然决定试，我就把杯子里的水倒些出来。于是，我又平复了一下内心的情绪，然后我就又端起了水。水杯里的水如刚才一样，立马就如海浪一样，于是我又把杯子里的水倒了一些在我面前的洗碗池里。

然后我又重复刚才的动作，端着水杯在池子里晃。很明显，水杯里的水虽然还是在我端着它走的时候会"浪打浪"洒出来一些，但好像比刚才好了那么一点点。

我就又按刚才的经验把水杯里的水再倒出来一点点，然后我又端着水杯在水池里从左颤颤巍巍晃到右，然后又从右颤颤巍巍晃到左……

端着水杯练习走路

在水池边端着那水杯来来回回晃了好多次，我觉得我端水杯好像越来越稳了，水杯里洒出来的水也越来越少了。这时，我想我是不是可以端着水杯离开这水池一点点。我应该做更大胆的尝试——试着把这水杯端出水池外。我想把水杯端出水池之外，走出去一步两步，走出这间厨房，然后能稍微稳当一点儿，让我走出这屋子，最终端着这杯水能自如地走到更远的地方，这样的话，我以后就能端水给妈妈吃药了。

于是我小心翼翼，同时也战战兢兢地端着这杯水转身，我那摇摇晃晃的身体稍微一动，我就眼睁睁看着水杯里的水又如海浪一样荡漾了起来，我的心立刻就跟着紧张起来，一紧张我的身体好像摇晃得更厉害。这样的时刻一来，我就立马停了下来。水杯里的水也随着我的停下而慢慢地平复下来了，我紧张的心也跟着慢慢放松下来了。

我看见水杯里的水逐渐平复了下来，我试着用自己最大的心力把自己的摇晃控制住，但我明显感觉自己的身体还是控制不住地在摇晃。

我刚才把水倒了一些，虽然水杯里的水还是随着我的摇晃在演绎着"浪打浪"，但我觉得我荡出来的水明显没有刚才那么多了。

看着自己这细小的变化，我都有一点点的小兴奋。这小小的兴奋，在这一刻，如兴奋剂一般给了我极大的信心。这时，我又停下来，水杯里的水又因为我停下来而慢慢地平复了。因为有了刚才的信心支撑，我又同样小心翼翼、战战兢兢地迈出了第二步。一迈步，水杯里的水又开始晃荡，我又稍作停留，然后我又摇摇晃晃迈出了第三步。嘿，这一步迈出去，虽然我的身体仍然有摇晃，但是我惊喜地看见水杯里的水一点儿也没有晃出来。这时，我就有一点小兴奋。身患脑瘫的我就是这样，只要情绪稍稍一激动，身体的痉挛也就更严重，痉挛一严重，我的身体就开始厉害地摇晃。这一摇晃，水杯里的水又如刚才一样翻腾起来，然后就荡了出来。

我看着手里那只摇晃的杯子，看着又被自己洒了一地的水，我突然有些沮丧，我就那样端着杯子愣在那了。

"还是不行，我应该怎么办呢？"我在心里问自己。

"怎么不行，不就是洒出来一点点水吗？端着你的水杯大踏步地往前走。你走一步，水洒了继续走，走两步水洒出来，你还是继续走。你天天没事就这样端着水杯练习走路，我相信天长日久，你总能端得稳一杯水的。"我心里更深处另一个声音在很严肃地这样对我说。

听了这个声音对我说的话，我又下意识盯着自己水杯里的水看了看，又望了望自己前方的路，我又憋足了一口气，然后尽量平稳地把这口气给舒出去。我又握了握自己手上的水杯，然后尽量在自己迈步的时候保持一个"相对的平衡"，这样我竟然端着水杯平稳地走了几步，这让我高兴坏了。

在以后的无数个日子里，每当我一个人在家的时候，我总会像这样，来到厨房，端着一杯水，在那儿练习走路。水杯里的水从一开始一迈步就洒出来好些，到渐渐地我可以端着水杯连续走几步路都不会洒出来，这跟最初的情况相比，已经好多了。

我可以端水给妈妈吃药了

日子就这样一天天、一月月过去了。妈妈这次又把腰扭伤了,她此时正躺在床上不怎么能动弹。

按医生嘱咐的时间,妈妈应该吃药了。我先拿好药,然后往妈妈杯子里倒好水。因我的手摇摇晃晃,我在倒水的时候手稍微抬得猛了一些,看见杯子里的水倒多了,我的眉头紧蹙了一会,很快它就舒展开了。我在心里对自己说:"没关系,水倒多了,一会倒一点出去就好。"

倒好了水,放好了水瓶,然后我就端起了水杯,水杯里那满满的水就又开始左右晃荡起来。还好,水池就在台面的边上,我只要把杯子拖到水池边,然后用手端着杯子轻轻一倾斜,水杯里的水就哗哗流出去了。

然后,我又端起水杯在手里稍微幅度大一点地左右晃了一下,我感觉水还是会晃出来,我又把杯子一倾斜,又倒了一点儿水出去。然后,我又把杯子端在手里来回晃了几下,此时,虽然水在杯子里"浪打浪",但它始终不会荡到杯子外面去。这时,我看着这杯水满意地笑了。

"星汐,你的水倒好没有?"就在这时,妈妈的声音从她的房间里传到了厨房。

"马上,您稍等一下,水马上就来。"我把水杯里的水倒到我能端的程度,我就端着水转身朝妈妈的房间里走去……

我端着水小心翼翼地走出一步,水杯里的水有些晃,又走一步,水晃得比刚才还厉害些。我就眼睁睁看着水杯里的水"一浪高过一浪"在那杯子里晃,但因为水杯里的水不多,它怎么晃也洒不出来。这时,我在自己的心里笑了。

我感觉刚才因为害怕水洒出来而浑身绷紧的肌肉在这时也慢慢放松了。这样整个的感觉就更加轻松,人轻松了胆子也就变大了,我就走得好像更稳当,也更顺畅……

我刚端着水杯走出了厨房,杯子上的水晃得太厉害了,我就停下来,回头望了望走过的这一路,我居然发现没有水迹。一种由内心散发出来的开心,蹿到了我身体里的每个细胞里。看着我走过来的一路竟意外地那么干净,让我觉得有些小得意。不就端杯水嘛,有什么大不了的。这不,我也可以不洒出一滴水,端稳一杯水。

于是,我端着水杯,步子迈得比先前更大一些,走进了妈妈的房间。我在踏进妈妈房间的那一刻,我觉得嘴角有些微笑。不知道是我端水的姿势显得平稳了,还是我摇晃得不如先前那样厉害了,妈妈看见我时脸上的表情也比往日平静了。

我现在已经可以端稳一杯水了!我迈着轻松而又有些稳的步子走到了妈妈面前,我把药递给她,看着她把药吞进了嘴里,然后我把水杯有些摇晃地递给了她。

妈妈接过水杯,故意望了一眼我来时的路面,然后她的病容上露出了一抹浅浅的微笑。她声音柔弱地问我:"今天,你没有把水洒到地上啊?"我站在那儿嘴角轻轻地露出微笑来。我一直在等妈妈这句话,等妈妈的夸赞,更是等她的放心。

听了妈妈的话,我竟觉得自己的眼睛有些湿漉漉的,我强忍住眼泪,然后微笑着对妈妈点了点头。我声音有些颤抖地对妈妈说:"妈妈,你以后生病了,没关系的。我现在已经可以端稳一杯水了,我可以端水给你吃药了。"说罢，我觉得我的眼泪已经滚落了下来，我在泪光中看见了妈妈的眼里也同样闪着泪花。

　　妈妈喝了水，然后就把水杯递给了我，微笑着对我说："好！我以后就靠你了。"说罢，妈妈含泪笑了。

来吧，我们干杯！

此时，我和妈妈正坐在结婚的宴席上，与一群认识和不认识的人坐在一起，一边吃别人的喜宴，一边天南地北地胡侃。二位新人的结婚仪式已经在一片祝福和喧闹中收场。现在二位新人已换了敬酒服，从第一桌开始给各位来宾们敬酒。

而我，一边吃着左右两位亲人、朋友帮我夹到碗里的菜，一边听着桌上的人真真假假的寒暄，还时不时偏过头去看看那对新人走到哪儿了，我好把酒杯里饮料的量控制在我能端得起来的范围。

正当我们吃得欢的时候，一个很久不见的熟人，突然端着酒杯走到了我们这桌。"来来，好久不见，我们干一杯。"大家都应声端起酒杯站了起来了，而我却与众不同地坐在那以自己最快的速度把饮料快速地"灌"进肚子。等我猛喝完一口的时候，再看看自己的酒杯，嗯，酒杯里现在已经是我不会洒出来的量了。

看了一眼酒杯里只有三分之一的果汁，我在心里放心地舒了一口气。然后我以自己最快的速度摇摇晃晃地从座位上站起来，像是很有信心似的轻轻地端起酒杯。酒杯里的饮料在我端起它的一瞬间，如海浪一样在杯里翻滚。但是因为此时杯里的饮料只有别人杯里的三分之一，随它怎么晃它也晃不出来。我在大家不经意的瞬间看着酒杯里那适量的饮料笑了，我的一颗心也放下了。我端着酒杯摇摇晃晃、战战兢兢地说："来吧，我们干杯！"之后，我便听到杯子与杯子一起相碰的那种清脆声。

敬酒人走了，同桌的人又开始吃吃喝喝，胡侃海聊起来。按照中国人的礼仪，桌上一个人很主动地重新给大家倒满了酒水。当他给我的杯子里倒饮料的时候，我立马说："不用了，谢谢，我已经够了。"可是显然他并没有听清我含糊不清的话。"来，星汐多喝一点。"他一边说，一边往我酒杯里重新倒满了饮料。

看着酒杯里刚刚被倒满的饮料，我一脸愁容。这个时候，在嬉笑的间隙，我总是忍不住朝大厅里观察新郎、新娘他们敬酒敬到何处了。我好随时准备在他们端酒祝福时，让自己酒杯里有适合自己的量。

我正吃着，偶然一偏头，发现新郎、新娘已经走到我们的邻桌了，再过一桌就要到我们了。在大家不经意间，我开始悄悄地端起那杯饮料"独饮"起来。我猛喝了三四口，再放下杯子看了看酒杯，嗯，现在我可以端稳这杯饮料了，我满意地松了一口气。

这时，新人的家长和二位新人来到了我们这桌。

"来，谢谢大家来参加我们的婚礼。谢谢……"二位新人把饮料杯举到了酒桌中间，大家都应声而起。而我，也端着那杯被我喝得差不多的饮料举起来。

"来，祝福二位新人新婚快乐。"我也应和着大家的祝福声说着。不过，我那含糊不清的语言早已被混杂的人声给吞没了。

"星汐，你长得越来越漂亮了哦。"来敬酒的那位叔叔对我寒暄道。我听了颤颤巍巍拿着酒杯在那儿抿嘴笑。这时，我把眼睛稍稍往我旁边的妈妈看去，妈妈此时也抿嘴笑了笑。也许，只有我和妈妈才知道，我们此时的笑不仅仅是因为一句别人客套的夸赞，而是因为我已经能端稳一杯酒和大家共同举杯了……

第五章

脑瘫错乱了我的年华

二十岁，妈妈竟给我买儿童裤

临近中午的时候，我正坐在家里看书，听见妈妈下班回来了。按照惯例，妈妈下班了，我就会自动放下手里的书，摇摇摆摆去迎接妈妈。

今天，我刚摇摇摆摆踱到客厅，就看见妈妈手里除了她平日提的提包以外还多很多东西。妈妈脱了鞋，把一个塑料袋给我，并对我说："今天我走过一家店，看到有条裤子挺适合你的，就给你买了回来。"

又有新裤子穿了，我心里感到美滋滋的，拿着那个塑料袋就走进了自己的房间。当我从袋里拿出了那条裤子，裤子上的标签在那翻飞，我也顾不了那么多了，拿着那裤子往自己的身上套。

当我穿好了裤子来到镜子前照的时候，我怎么看到裤子两边的裤兜那绣有卡通的图案。有那么一瞬间，我觉得自己回到了小时候。我又看了一眼镜子里的自己，不知道是身患脑瘫导致我的发育迟缓，还是因为我小学毕业初中刚读一年就辍学了，离开了那种成长的大环境，此时，镜子里活脱脱就是一个十三四岁的小孩。镜子里自己那幼稚的模样，瞬间就把我心里某种怒火给点燃了。

我快步躲闪开镜子里的自己，脱下了裤子，狠狠地把裤子往床上一扔。然后，就气冲冲地冲到了厨房，我知道此时妈妈正在厨房里做饭。

"妈，我都多大了，你还给我买儿童裤穿！"我气冲冲地对妈妈说。

妈妈并没有搭理我，她一边做着手里的事，一边就如没事人样问我："星汐，怎么样，那裤子穿得吗？我觉得那颜色挺好看的就给你买回来了。"

"好看？我这么大了你还给我买童装。"我听着妈妈的话，心里已经被某种说不出来的屈辱的火焰给燃烧着。

"妈妈，你为什么给我买童装？我都多大了，你还给我买童装！"因心里有气，我说话难免把音量提高了。

妈妈依然不觉得这有什么问题，她还在问："怎么了？"

看见妈妈的这种态度，我就更着急了。我声音又大又急地跟她强调着："我都二十岁了，二十岁了。"我一边说，一边比出两个指头颤颤巍巍在她的面前晃。

也许是我的语气太过强烈，也许是我的声音高出了平常的音量，妈妈被我给弄冒火了："星汐，你二十岁了又怎么样？你整天除了看看书，你还能干什么？"妈妈冒火的语气夹杂着她的怨气传到了我的耳朵里。

妈妈的宣泄口仿佛被我给拉开了："你要搞清楚，我每天要忙着上班，下班后要照顾你。我哪儿有那么多的时间。我今天经过了一家儿童店，看着这条裤子挺适合你的，就给你买回来了，怎么了？"

我听了妈妈这话更生气，但我也不得不承认妈妈说的话是事实。我愣愣地站在那儿，一时间不知道该怎么还击她。我手里抓着那裤子，越抓越紧。

半晌我依然对妈妈强调道："我已经二十岁了，再怎么着你也不能给我买儿童裤。"

妈妈火了，转过身来对我吼道："可是你的身高就只有那么高，你让我怎么办？"我听了这话，转身就朝自己的房间跑去。

我跑到自己的房间，把那条裤子狠狠地摔在自己的床上。

裤子上那幼稚的卡通图案好像在笑我："哈哈，大儿童。二十岁还在穿童裤的大儿童。"我把那裤子又提起来往床上一扔。

然后，我自己又绝望、又失望地趴在床上哭了……

叫姐姐？应该叫阿姨吧！

在我们店铺隔壁的隔壁新开了一家卖灯饰的，店老板娘有一个一两岁的孩子，那小女孩看起来好可爱啊。

我正坐在店外的那棵树下看书，那小孩就跌跌撞撞跑到我身边来玩。我是一个比较喜欢小孩的人，看到那小孩走到我的身边来，我就把原本拿在手上的书合起来放在腿上，然后就跟那小孩玩。

"小朋友，你好啊。"我一边去牵牵那小朋友的小手，一边这样逗着她玩。

她的母亲跟着她后面来了。她看着我笑呵呵地说："×宝，你叫嘛，叫姐姐。"她妈妈这句话一出，我就愣在那里了。我有些惊讶地看着自己眼前这个不过一两岁大的孩子，一时间我居然不知道应该怎么办了。这孩子才一岁多一点，而我今年已经二十一岁了，我大这孩子整整二十岁！

孩子的妈妈依然牵着她的孩子在我跟前玩耍，全然不知道就她那一句话给我带来了怎样的心灵上的创伤。

我很不服气在心里问自己："我很幼稚吗？我真的很幼稚吗？"

那姐姐还在那牵着她的宝宝玩，而我极力让自己保持冷静，然后用我含含糊糊的语言告诉她："M姐姐，我已经二十一岁了，你应该让你家孩子叫我阿姨。"在说这句话时，我主要对她强调两个词："二十一岁""阿姨"。

那带孩子的姐姐听了我的话，嘴巴瞬间就张得好大，那惊讶的表情好像是觉得我在说谎，然后她那种不相信的微笑跟着就跑到了她的嘴角边。

她把孩子带着往我的左边走了几步，那坐了我们邻店的一位阿姨。我听见那姐姐问那阿姨："她说她有二十一岁了，恐怕没有那么大吧？"

"有二十一啊，她就有些病……"

被那女子一打岔，我看书的心已是全然没有了。我有些生气地抱着书朝店里走去。我走进店里来到了我和爸爸吃饭的方桌那，把书重重地朝桌上一放，脸上露出一副很不满的样子。这时，爸爸刚好从里屋出来。

"你怎么了？瞧你那一脸不高兴的样子。"我的不高兴被爸爸看到了。

爸爸不问还好，他一问我更觉得不高兴，我嘟着嘴跟爸爸说了那女子让她的孩子叫我姐姐。爸爸一听我的话，脸上偷偷地露出了那么一丝丝的笑容。看到他这样，我更生气。爸爸见我这样，他立马收起了他的笑容："你的样子嘛，本来就像小孩嘛。"

"哼！"听了爸爸的话，我扭过头去。

"这有什么办法呢，你因为这样的病，身体的发育啊各方面都比一般人要迟缓得多。"爸爸说完，他就去忙他的事去了。丢下他刚才说的那句话在我耳边回荡。

此时，我转过身去面对我们镶嵌在墙面上的锁架，锁架里面有镜子。此时，因为体内憋着一股气，我就紧紧盯着镜子里的自己。我看着自己，再想想比我大一天的我表哥的样子。我跟他比，确实是少了那么一点点应有的成熟的样子。"但是，这能怪谁呢？这到底能怪谁呢？谁让我生了脑瘫这样的一个怪病。因为这个病，我十二岁才读书，我从小的生长环境就跟我的同龄人相差了好远。"当想到这时，我盯着镜子里的自己深深地叹了一口气，"这根本就是无法改变的硬伤……"我望着镜子里的自己，眼角流出了泪……

过了一会，我的"下班"时间就到了，我跟爸爸打了一声招呼就走了。正当我装着一肚子的怨气与委屈行走在那街头时，我远远地就看见前面有一个卖气球和拿着各种的小孩玩意的人朝我走了过来。

我看见他走近了，就有意回避着绕道走，他却好像故意朝我这边走来。

"小朋友,来买一个气球吧……"说着他从那一堆气球里拿出了一个想递给我。

"不要!"我气冲冲地把手一摆,又带着很大的委屈与一种说不清的恨跌跌撞撞朝前走去……

宝贝，叫阿姨

今天的阳光很好，我坐在树下看东西。微风徐徐地吹着，树叶被风带着左飞右舞的影子印在我手里的那张纸上。这张纸上的内容让我看得有些心潮澎湃，它是一个杂志社给我发来的××征文的邀请函。

正值这时，那带小孩的女子又带着她一岁多的宝贝走到我身边来玩了。"星汐，你在那看啥？你看什么啊？"

这时，我听见爸爸正好从店铺里出来了。我拿着那张邀请函，赶紧从凳子上站起来，然后跌跌撞撞走过去，把它拿到我爸的面前晃来晃去，并激动地对他说："爸，北京的××杂志社，给我发邀请函让我参加××征文。"

我爸爸没有开腔，倒是那个女子突然就露出了跟我一样激动的神情："真的啊，北京的××杂志社邀请你参加征文？"

爸爸只是给了我相应的微笑，然后他又转身进屋去忙了。

我又返回到那棵树下坐下。那女子牵着她的孩子，也跟着我来到了树下。

"星汐，你说的是真的吗？北京的××杂志社邀请你参加什么征文？"也许，人在开心时总容易遗忘曾经不开心的。

"嗯。"我回答她，然后继续让自己沉浸在那份邀请函的喜悦里。

这时，她一岁多的孩子咿咿呀呀在学语似的自言自语。

那女子很自然地对她说："宝贝，你叫嘛，你叫阿姨，叫阿姨……"当我听到她教孩子说这句话时，我突然就愣在那了，然后感觉我的眼里有泪水在转动，我一转头眼里的泪就滴落了下来。

我抹了一把泪，然后又微笑着去看那小宝贝。这时，她好像故意对我挤出一抹微笑，然后声音很稚嫩地对我叫："阿姨。"我也说不清是她的样儿太乖、声音太甜，还是其他什么，她这一叫，我仿佛觉得心在这一瞬间就融化了，全身每个细胞都蹿出了一股股暖流。

　　这一刻，对我而言是甜蜜的，是温暖的，但是我却闹不清楚为什么这一刻我的眼泪却以一种更加猛烈的势头往我的眼眶里涌。我赶紧从凳子上站起来，借故有事，就往店里走去了。

　　我走进了店里，靠在一个洗面柜上，待我靠稳了，我的眼泪就簌簌地从眼眶里滴落了下来……

　　我透过薄薄的一层眼泪，看见那女子一边带着她的宝贝在那转悠，一边用那种母亲特有的、温柔的语调教着小宝贝："宝贝，叫阿姨，阿姨……"

　　当那女子带着她的小宝贝走到我们店门口的时候，她对她宝贝说："宝贝，叫嘛，叫阿姨。"她的宝贝站在那有那么一两秒钟，只是愣愣地看着我，然后带着天真烂漫的笑叫："阿姨。"然后两只小手无比激动地上下舞动，很欢乐地从我的视线里跑掉了……

网络，还原了真实的灵魂

这天晚上，我正坐在自己的书房里像往常一样打开电脑在某聊天室里聊天。我刚登录聊天室，我就看见和我常聊的那个网友"海天"，他又如往常一样出现了。

"你好！"他从他那头的屏幕打来了两个字。面对他这良好的习惯我微微一笑。

"你好，你最近好吗？"他在屏幕那头问。

当我的手指还在键盘上晃晃悠悠准备打字回答他的问话时，银幕里又出现了他的另一句话："才女，你最近又在看什么书？"

虽然，他这样称呼我是有夸张的成分，我也承认此时的自己担不起这个词，自己还差十万八千里呢。但此时我却很愿意受用这个词，因为这个词与人们口里常对我说的傻子、痴呆等因脑瘫被人们加注在我身上的这些词相比较，真的是太好听了。其实，这完全不是人们嘴里所说的"虚荣"作祟，这只是想企求相对平等的一种心理的自然使然，也许更是一种希望生命回归到"常态"的心理。

我的书房此时没有开灯，整个房间除了电脑是亮的，其他的都是黑的。我很喜欢这样的感觉，整个人淹没在这黑暗里。

而我和他打字，那些字随着我灵动的思绪被我打进电脑里。每每这种时刻，我就感觉我整个人跟我的灵魂被分开了一样。这种感觉对我而言有那么一点点奇怪，也有那么一点点爽。

我的手在键盘上一晃一晃地打字，荧幕里我的对话框里出现了我的字："我最近看了一本名叫《家》的书。"因为我打字慢，我往往跟人在聊天室聊天，我就会这样打个半句、一句的就发送了，免得对方等太久就不愿意跟我聊天了。

"喔，巴金他老人家啊。他可是文学界的泰斗啊。"

看到屏幕里他的这句话弹出来，我有些兴奋，觉得我可能找到了一个能跟我谈谈文学的人。

"嗯，这个我知道。巴金老先生他是文学巨匠。"我在电脑荧屏里打出了这样一句话。

"《家》这部小说里有三兄弟：觉新、觉民、觉慧这仨兄弟你喜欢哪个呢？"他问。

看到这句话跳出来，我在黑暗里微微一笑，想了一下又用颤抖的手指在键盘上打着"觉新"。我刚刚在键盘上打出这个名字，我就深深地叹了一口气，接着我在键盘上打："觉新，这个人物完全就是封建社会的牺牲品。他和梅表姐明明是那么相爱，他却不敢违背他祖父的意愿，要了一个不相干的女子结婚生子。"

"而觉慧，我觉得他可能看了他哥哥的悲剧，他又太前卫，太激进。"打到这，我停了一下，又继续在键盘上敲，"其实，我还是更喜欢觉民。他的性格就如同他的排行一样，虽然他也不喜欢旧社会的一些制度，但是他跟琴既接受新的事物和新的观念，对一些'旧'的制度虽然抵制，也没有那么激进。"

"呵呵，我觉得你是认真看了这部书的。不然，你不会对有些东西看得这么明白。"

看着聊天的对话框里出现这样一行字，我在黑暗里感觉嘴角微微地向上扬了一下。此时，我突然深深地吐了一口气，觉得特别舒心。

我在黑暗里，坐在那对着电脑想：如果电脑那头的他知道了此时跟他聊天的是这样一个说话不清、言行怪异的女子,屏幕那头的他,还会愿意跟我如此聊天吗?还会愿意跟我像现在这样直抒胸臆吗?

　　想到这,我用我那根略微有些颤抖、僵硬的手指,像钢琴家用手指滑过钢琴键一样,滑过那一个个被镶嵌在键盘里的键……

妈妈给我买了一条成人裤

有一天，那应该是一个星期日，这天妈妈突然说她想要和我去逛街。虽说是突然，但我总隐约感觉这是她早就有所"预谋"的。

我和我妈走了一段路，我们就来到了幸福路上，在这条街上有很多的服装店。妈妈带我来到了一家裤装店的门口，她站在裤装店的门口偏过身来，面对着我很认真地看了一眼："走吧，你不是要穿成人裤吗？"

我听了妈妈的话心里很是欢乐，然后就跟着妈妈摇摇摆摆走进去了。"L姐，你来了，今天你来又想选一条什么裤子？我最近才从广州那边进了一批新货，你要不要看看？"

妈妈听了这话，不知怎么着了又转过脸来看了我一眼，然后微微皱起了眉头说："不是我选，是给我这有点残疾的女儿选。"

那人快速地把他的目光从我妈妈身上转移到了我的身上。他看我的表情有些怪异，眉头紧皱，然后嘴巴很不自然地翘起，那感觉好像我是摆在他面前的一道难题，随后他便喊道："小杨，你来……"

随后，我的眼前出现了一个年龄跟我相仿的女子。他对那个女子说："这个妹妹，她妈妈想给她买一条裤子，带她去看看。"

我也不知道是不是因为自己比较贪吃的缘故，我的身材属于那种矮胖型的。于是，我和妈妈就跟着那女子朝店铺里面走去了。

到地方，那女子先很认真地把我的身材打量了一番，然后给我选了一条裤子。

于是我拿着这条裤子去衣帽间换。她给我的这条裤子比我的腿长了些，但就是这样我的腰都进不去。我强行把裤子提起来，但怎么也扣不上，无奈，我只有提着裤子就走出去了。

妈妈看我那样子，她噗嗤一下就笑出来了。而帮我选裤子的女售货员也忍不住笑起来了。妈妈一脸无奈问那女子："小妹，你有没有腰大一点的裤子。"

"腰如果要大一点的话就长了。"那女售货员说。

我妈妈无奈地说："你还是先拿来给她试试，这拉不上总不是事。"

那女售货员好意提醒道："要不你干脆到那些儿童商店去给她看看，那儿的裤子就适合她目前的身材。"

听了这句话，我很生气，真的很生气。我刚要发作时，我就看见妈妈的头摇得跟拨浪鼓似的说："你可别让我去儿童商店给她买衣裤了，上次我顺道路过一儿童商店，看见一条裤子挺适合她的，给她买回去她还不领情。说她都那么大了，我还给她穿童装。你还是去给我想个办法。我今天是一定要在你们这给她选一条裤子的。"

过一会，女售货员又给我拿了一条乳白色的裤子。她把那裤子递给妈妈："这条裤子，她一准能穿上。"一看，那裤腿就比我的腿长了好多。

妈妈一看，惊讶地说："这裤子这么长，她穿得起吗？"

售货员对妈妈苦笑一下，说："你先让她试试，看她腰穿得起不？如果要穿得起的话，再说……"

我一试腰可以穿起，但裤腿拖了好长一截。我于是把裤子挽了又挽，然后走了出去。那女售货员见我出去，并不关心我拖地的裤腿，而是麻利地把我的衣服掀起一截，见裤腰跟我的腰合适满意地笑了笑。

然后她转身对妈妈说："这才合适，至于裤腿长很多那就只有剪了。"于是售货员叫人把裤腿剪好，然后再让我换上。

当我在那试衣间把裤子换好再从镜中看自己的时候，我深深地叹了一口气。镜子里的自己虽说没有多少成人模样，但至少比那个穿童裤的自己看上去成熟了许多。于是，我满意地对镜子里的自己微微笑了笑，然后打开了试衣间的门走了出去。

　　妈妈问："现在，你觉得这条裤子怎么样了嘛？"

　　我微笑着对妈妈说："嗯，好。"然后妈妈付了款，我们都很满意地从这家店走了出去……

第六章

傻样，禁锢了我真实的灵魂

傻子、傻子，你就是一个傻子

此时，老爸又出去帮人安装洁具去了。他去了好久，这都中午十二点过了，他还没有回来。我已经趴在那个面台上看了好久的书了，我想出去伸伸懒腰。就在我走出店外，刚刚伸出两只手在那晃晃荡荡伸懒腰时，我突然感觉一根细细的树枝在我脸上晃，一种熟悉得不能再熟悉的被欺辱的感觉瞬间就袭击了我。紧接着我的眼里果然出现了一个十二岁模样的小男孩，他做出歪眼斜眉的表情，然后坏笑着对我挑衅。

"干吗！"他听到我骂他反而更觉来劲了。他跑了几步，就顺便踢了一脚我们摆在店铺外面的不锈钢洗碗池。经他一踢，那不锈钢洗碗池就在那咣咣当当地前摇后仰……

他跑了几步朝我转过头来骂："傻子、傻子、傻子……"他的这一骂，引得路上来来回回的人都纷纷用奇怪的眼神看我。

我这时心里很气愤，也很委屈。想想自己都二十多岁了，那小孩还这样嘲笑我，而且他嘲笑我用的那个词，是我这辈子听得最多，却又最不愿意听见的一个词——傻子。

刚才，他用树枝在我的脸上晃，如果换作其他任何一个人，不说健全人，就是同样是一个坐轮椅什么的残障人士，他都不敢这样。因为他们那正常的面部表情，就能给他一个相对"威严"的感觉。

而我，这副痴痴傻傻的外表，仿佛这辈子都注定要受这种欺辱。想到这，我就很生气。我回到店里，又走到那面锁架镜子前，狠狠地盯着自己。虽然镜子里的自己有些痴傻，但在这副痴傻的外表下，它的灵魂其实并不傻。但最大的悲剧是——这仿佛只有我知道。刚才那小孩拿一个树枝在我脸上晃，那种屈辱我是知道的；他对我一个小小的挑衅的表情，我都是知道的。

看着镜子里略带痴傻的样子，想着那小孩刚才骂我傻子，回忆一下就把我拉回到以前——

我们店的隔壁原来是做塑钢窗的。我这人平日里看书之余就喜欢到左邻右舍的商铺里去玩玩。有一次，我在那家做塑钢窗的店里玩，和他们老板娘聊天。他们一个学工突然停下手里的活计对我说道："星汐，我觉得其实就你这样子挺好的。"

我不知道他到底指的什么挺好的。我这人就爱听别人对我说好话，也许在这上面吃了很多亏也不知道。我说："什么挺好的？你倒是说给我听听。"

他倒是也老实，就对我说："星汐，你知不知道你这样跟我们正常人相比少了很多烦恼。"他刚说完这话，其他的一些小工竟噗嗤一下就笑出来了。他这句话虽然没有直接说出那两个字，但他说的这句话和说这句话的神情比那些直接对我说出那两个字的人还要令人伤感。

回忆结束，镜子里的那副痴痴傻傻的样子又映入了我的眼里。看着镜子里自己那副略显傻气的样子，想着刚才那十二岁小孩对我的戏弄，想着自己就是因为脑瘫赐予我这副呆呆傻傻的样子，才害得我连最基本的学业都无法完成……

当我刚想到这，店铺里突然走进一个中年男子。

"老板，你这有没有80公分长的高压管？"他一边低头看他手里的管子一边问。

"你好，请问你要买些什么呢？"

他听见我的声音猛的一下抬起头来。然后对我问："你们店里有其他人吗？"

"我不是吗？"也许我刚才的气还没有完全散，听到他这样问我就更生气了。

他可能意识到自己说的话不对，对我不好意思地笑笑说："不是，我是说老板……"

"走啦，我觉得你真的是可以，跟一个傻子都可以在那儿说半天。"迎着声音望去，那个我最忌讳的词被店外这位外貌非常漂亮、衣着非常考究的女人没有任何顾虑就给说出来了。

那男子被她吼出去了，我听见那女的还在那训他："你没看见她那样子傻傻的，话都说不清楚。这儿的老板也真胆大，请一个傻子来给他看店。"他们的声音随着他们远去而隐没了……

而此时，我在这个空无一人的店铺里，觉得自己好无力，并且这种无力好像并非来自我的身体。我趴在我平日里看书的那个台面上，眼泪从眼角悄无声息地滑落了下来……

我们的傻大姐来咯

我姑婆的生日在夏天,而都江堰历来有避暑胜地的美称,自然姑婆那就成了每年C家这个大家庭的集散地。姑婆那成为集散地还有一个重要的原因是——我八十岁的祖祖在那。这是一个极富态的、又豁达又健朗的老太太,C家没有一个人不喜欢这个老太太。

我姑婆的生日这天很快就到了。我和奶奶刚走进姑婆家的那个院子,我就看见我表哥和我的表妹在那儿玩。我就让奶奶先上楼,我和表哥、表妹玩一会再上去。

我表哥家住七楼,在上楼时,我表哥突然别出心裁说,看谁跑得快,看谁先到家。我因脑瘫腿脚不利索,自然是最后一个到。我气喘吁吁费了好大的劲终于爬上了七楼到了姑婆的家,我刚一进门,弄不清是谁叫了一句:"我们的傻大姐来了。"

我当时正处于一种喘不过气来的状态,我看见一屋子全是人。在那个人喊出了这句话后,一屋子十多个人的十多双眼睛齐刷刷地都朝我看了过来。

有的亲戚还毫不避讳地说:"你别那样说,看她痴痴傻傻的样子也够了。"另一个亲戚却在那儿迎合道:"也不知道L姐这辈子该怎么办?遇上个这个傻女子,你说怎么办嘛?"

那个叫我"傻大姐"的说:"这还能怎么办?让她妈多给她准备些钱就好了啊……"

他们说那些话时,对我竟没有一丝一毫的避讳,就好像他们笃定我是听不懂他们的对话一样。我傻傻的形象从他们见我第一眼就深深地烙在他们的心里，我在他们心里是实实在在地傻，这种傻并不是单单停留在表面的……

在这种大环境的压力下，我突然就感觉自己的脸红了，而且我非常气愤。这种气愤导致了我非常紧张，这种紧张导致我说不出话来……在被那么多眼光扫射后，我觉得我整个人都被一种巨大的耻辱给笼罩着。这种耻辱在侵入我的细胞后，它就演变成了一种巨大的委屈，当这种委屈得不到安抚的时候，它自然而然就变成了一种愤怒。我觉得自己都快要哭出来了。

这个时候，来自心里一种更强的声音告诉我："云星汐，不能哭。在这种时候，你千万不能哭啊，得挺住。"

于是我就借故上厕所，然后就摇摇晃晃、跌跌撞撞跑到厕所里，当我关上厕所门的那一刹那，我就在那黑黑的厕所里哭了。

今天，是姑婆的生日，这是一个非常喜庆的日子，我不能让任何人听到我的哭声。等我把心里的屈辱稍微释放出来以后，我站起来，打开厕所门把灯打开顺便洗个脸。当我把灯打开的时候，我才看见镜子里的自己眼睛红红的，脸也红红的。

人们都说，天下没有不散的筵席，那天姑婆的生日宴热热闹闹进行到晚上也就结束了。晚上，我回到家把我白天在姑婆家，那个亲戚叫我"傻大姐"的事跟妈妈讲了。

妈妈没说什么，只是说："再怎么说，你也是二十好几的人了，她怎么还当着那么多人的面叫你傻大姐啊。她怎么说也是你的亲戚……"当听见妈妈说出这句话后，我的整颗心如同被包裹了一层厚厚的雪。

回到屋子里的那瞬间，我全身彻底地放松了下来，一种厚重的无力感袭击了我。我一步一步挪到梳妆台前坐下，自己那副有些痴傻的样子又映到了镜子里……

此时，我想起了自己在姑婆家的遭遇。那"傻大姐"三个字穿过深深的黑暗，又在我的耳旁像鬼叫一样回荡了起来……

　　这个时候，我突然感觉自己被某种隐藏在我身体深处的东西给生生地刺痛了一样。我突然对着镜子里那个傻模傻样的自己大叫了一声："我不是傻大姐，不是！不是傻子……"然后我就趴在镜子面前伤伤心心地哭了起来……

记者怎么都来采访你了

2005年7月28日早上七点,那对我应该是一个黑色的清晨,一生非常疼爱我、我生命里最重要的人——我的奶奶,因胰腺癌晚期最终离开了我。还没完全从辍学的痛苦中走出来的我陷入了一种更大的绝望。

我常常想生命里到底有没有补偿这种事情存在,当命运将你推向绝望的时刻,也许会有一种新的希望闯入你的生命。奶奶去世不久,也许是一种命运的使然吧,我把一首小诗拿到《天府早报》去发表,在机缘巧合下,我非常幸运地认识了早报的兰俊老师。

这天天阴阴的,兰俊老师派的两位青年女记者来到了我爸爸的店铺找我。我和两位女记者相对而坐。

"你辍学后,怎么会想到写作的?"一位女记者很认真地看着我问。

"我不希望生命就此荒废。我总觉得我的生命虽然残缺了,但它总会有发光的时候吧。"我坐在那身体有些拘谨,但这毕竟是我第一次接受采访,所以难免会有些抑制不住的激动。我很高兴,我在笑,但我知道此时自己的笑一定是不好看的。因为我很紧张,这紧张导致了我面部肌肉的痉挛,我感觉自己脸上的肌肉都绷紧了。这是初春季节,但我明显感觉自己的脸在发烫。

记者一手拿本,一手拿笔,一会用笔在本子上记录些什么,一会又抬起头来认真地看着我。

她突然问我一句:"你是不是在笑?"

对记者的这一问题,我乍一听,觉得有点尴尬,又有点不知所措。

正在我左右为难不知道该如何回答时,我隔壁的一女老板从人群里挤进了我的店铺里。她来到我和记者坐的那个方桌前,看看记者,又看看我。我明显看见她眼里有惊讶的表情。

"星汐,你干了什么了不起的事,连记者都来采访你了?"听着她这问话,我突然觉得有些惊讶。那一刻,我也愣在那想:"我干了什么事呢?居然引来了记者。"细想想,我也没有干什么惊天地、泣鬼神的大事,我就是因为对文学的挚爱,写了几首诗而已。

记者对着那女老板问:"星汐平时写作,你们知道吗?"

"不知道,认识她两年了,我们平日里都看她样子傻傻的。今天你们来采访她时,我以为她做了什么惊天动地的事。"她看了我一眼说。然后又把我放在桌上准备给记者看的文稿一篇一篇地拿起来看。

她一边认真地看着我的文稿,一边继续跟记者搭讪:"我们怎么也想不到这样傻傻的她,居然还会写东西。"她说话时,又把那个"傻"字就那样轻而易举地道出来了。

我此时注意到她在说这句话时,脸上不自觉地露出了那种人在觉得羞愧时才有的红晕。

此时,坐在她旁边的我,看着她这种羞涩的表情,心里有那么一点点的乐。这种乐与别人骂我是傻子时自然而然生成的悲有那么一点点成正比。我在那悄悄地舒了一口气,心想:"看你们还说我是傻子不?"

当我这样想时,我就又听见那女老板的声音在我耳旁响起:"我今天才发觉,她样子傻傻的,其实心里一点儿也不傻。"当我听到她从嘴里说出"不傻"这两个字时,我感觉自己的身体突然一痉挛,好像一直深埋在我心里某种委屈的苦痛,在这一刻得到了那么一点点的慰藉。我感觉自己的眼泪一直以来就像被久久堵塞在一个瓶子里。而这一刻,那个瓶塞仿佛打开了那么一点点,我的眼泪就流了下来。

　　这样的时刻,我的身体不住地痉挛。它此时的痉挛,不再是因为委屈,因为痛苦,而是因为激动,激动是因为这个生命得到了一点点的正视……

我在电视上看见你女儿了

接受了采访不久,我的报道就以一篇名为《脑瘫女孩想圆大学梦》的文章发表出来了,整整三大版。之后,我一度成了媒体关注的焦点,我连续接受了六家媒体的采访。

一天中午,爸爸正在店面里的厨房做饭,电话突然丁零零地响了起来。爸爸接起电话。我听他们对话中说什么女儿啊,报道啊,觉得这电话肯定跟我脱不了关系。

于是,我就走近爸爸身边偷听。打电话来的这人是爸爸的同学,他是大学教授,跟爸爸的交情也不赖。因为他是大学教授,所以我很崇拜他,不知道这是不是因为我从小立志上大学,却又偏偏与大学失之交臂的缘故。

我听见电话那头的宋叔叔说:"我觉得你可以喔,你的女儿了不起。我今天打开电视一看,居然在报道你家女儿星汐的事迹,说实话我都有点不敢相信。"

爸爸因为我身患脑瘫这种怪病,也遭遇了很多人的白眼和嘲笑,而这些白眼和嘲笑也许是我不知道的。

我只听见爸爸用有些激动的话语对电话那头的宋叔叔说:"我都不知道这孩子平时做了怎样的努力,她悄没声息地居然就把记者招来了。"我听着爸爸的话,突然很感动。在我感动之余,我悄悄地去观察爸爸此时脸上的表情。他面色微微泛红,眼里似乎还含有那么一点点的泪。

见爸爸快要讲完了，我赶紧一溜烟摇摇晃晃地跑掉了。听见了爸爸放电话的声音，我才装模作样去迎爸爸。

"电话是你宋叔叔打来的，他说你很能干，根本就想不到能够在电视里看见你。"爸爸微笑着对我说。

我听了这话笑笑，心里也荡漾着一种感动。《天府早报》刊登有我报道的报纸就放在桌边，我下意识拿过了那张报纸。我很认真地看了一眼上面的标题，目光无意间就落到了标题里的那个"学"字上。因这个字，我想起刚辍学的那段日子。那时，所有人都知道我辍学了，但没有一个人对此表示过诧异，就好像辍学对我而言是一种"天经地义"。

不过，这一瞬间，我觉得我过去留给人们呆呆傻傻的形象正在一点一点地改变。

想到这，我先深深地叹了一口气，又美美地舒了一口气。我把报纸收起来叠好，将它放回原来的地方。

夜晚总是快速地赶着白天走，这天晚上，我和妈妈都洗漱完了。

妈妈突然跟我说："要不你跟你的小祖母打一个电话，告诉她你的近况。"

于是，我给小祖母去了一个电话。电话接通后，我刚拿着电话要开口，我听见小祖母在电话那头无比欢喜地对我说道："星汐，我这几天在电视里面看到你的报道了。你好能干啊，如果你奶奶在的话，她见你有今天，一定会很高兴。你小时候，每当有人骂你傻子时，你奶奶总说，你其实一点也不傻。只是你生这个病，别人不了解你。如果了解你的话，都不会说你是傻子的。"

也不知道是因为听到了"奶奶"这两个字触动了我心里最深处的某根神经，还是小祖母的这番话让我有了某种想哭的冲动，我的眼泪默默地流了下来……

此时屋子里很黑，此情此景难免会让我想到奶奶临终前几个月给我打电话要我好好活下去的那个晚上。跟我的小祖母寒暄了一会，我就挂掉了电话。

我回到了自己的寝室，坐在梳妆台前。虽然镜子里映出来的还是那副痴痴傻傻的样子，但是我觉得，这"傻样"至少有那么一丁点的改变，感觉它跟自己的灵魂，有了那么一点点重合了……

也许，奶奶会在云上微笑

我去超市里买东西，在收银台付钱的时候，居然被人认出来了，这突然让我有了种当明星的感觉。

收银员接过我递上去的东西，然后对我微微一笑问："你最近还在写诗吗？"一开始，我听到这话以为她在问别人，我左右瞧了瞧，周围没有人，由此我确定这话她是对我说的。

我红着脸，对她点了点头。就在这一瞬间，我感觉自己的眼泪浸湿了眼眶。因脑瘫赐予我这副痴痴呆呆的模样，那些陌生人一见我就毫无顾忌地把"傻子""痴呆"这些词加注在我的身上。因为这副痴痴呆呆的躯壳，除了我的奶奶、我的父母，从来没有人像今天这位收银员一样，在看到我的第一眼时就给予赞扬；并且这种赞扬——它并不是直接的，而是以另一种更婉转的形式给予了我最高的赞扬……

就这一刻，让我感觉有那么一点点的奇妙。以前我带着这副痴痴傻傻的躯壳出现在人群中，总会有人向我投来稀奇古怪的眼神，他们总是以"傻子"来称呼我。

今天，居然有人因看了我的报道，问我还在写诗吗？"傻子"这两个字，相对于"诗"这个字，从来有种高攀不上的意味。在过去的二十三年里，因为这副痴痴傻傻的样子，人们很随意地把"傻子"这两个字赐给我。

可今天，有人第一次看见我就问我："还在写诗吗？"

"你说什么？就她那样子，还写诗？"我身后的一位顾客，听了那收银员的话，很诧异地问。

"嗯，是的。那天我在电视里看见这女孩的新闻，你别看她那样子……"听到她的话，我在心里偷笑，她说的"那样子"，不就有些傻里傻气嘛。那收银员的话还在我耳边继续："她不但写诗，而且她的文笔还有点好……"

听了那收银员的话，刚才那人很认真地把我看了一眼："不错，不错。女子啊，你是好样的。"那人一边微笑着对我竖起了大拇指，一边对我这样说。

那一刻，我有一种从未有过的感觉，被陌生人称赞的感觉真好。我微红着脸，对着他们微微笑笑。然后，我付了钱，拎上东西就走了。

我把东西提在手里悠悠地晃着，行走在超市中，我看着超市中来回穿梭的人，他们好像都在按各自的人生轨迹行走着。他们是正常人，所以他们正常地上学、上班、嫁娶……

而我，因这一副痴痴傻傻的样子，这一切好像都跟我无缘。我曾经为此绝望、颓废、自残。但看看今天的自己，通过努力读书、努力写作，我被兰记者这样赏识，然后他派记者来对我进行报道。这才让人们有机会对我进行重新认识。

我拎着东西继续向前走着，这时我的脑子里又出现了《天府早报》对我的那篇报道。想到它，我突然对兰俊老师有了一种敬畏，也对他有种深深的感谢。

我拎着东西从超市门口走了出去，突然一个老大爷拍了拍我的肩膀："小姑娘，你好不错啊，我们都在电视上看了关于你的事迹报道。"老大爷说完，狠狠地对我笑了笑，他好像要把赞赏的微笑印在我的心里一样。在他身边站了一个老婆婆，那应该是他的老伴。这时她也对我竖起了大拇指说：

"小姑娘，不错哦，继续努力。"说罢，又对我微微一笑。然后，老夫妻俩就互相搀扶着，慢慢地淡出了我的视线……

两位老人家渐渐远去的、那慢慢移动的、苍老的背影让我想起了已逝去半年多的奶奶。此时，我抬头看了看头顶的天空，头顶湛蓝湛蓝的，天空里飘着一朵朵白云。看见那云，我又无可避免地想起了我的奶奶。也想起了那一天晚上，我在日记本上刻下的这样一段话：通过一系列的采访，我的故事见报了，也频繁地得到了大家的赞许。爸、妈以及小祖母那些亲戚都夸我，唯独我逝去的奶奶不能与我同高兴。我常常试想如果我的奶奶现在还活着，她会对我说些什么呢？她会高兴吗？我想她是会高兴的吧，也许和现在的我一样……

妈妈赐我的笔名——蚁蝶

这天，我刚提着包包回到家，看见妈妈正拿着关于我的报道在那看。当我走进去后，妈妈突然就轻轻地放下了她手中的报纸。

然后她脚步很轻地朝我走了过来，脸上仿佛藏着笑对我说："今天，妈妈想送你一个笔名。"她脸上虽然挂着笑，但此时看我的神情却又是那么认真和严肃。这认真和严肃的程度，好像不容有一点点的质疑。

我一听妈妈这话觉得很诧异，答道："我有笔名。"但那都是我自己一时兴起胡取的。妈妈听了我的话，眼睛微微一闭说："你自己取的那些名字都不好，什么雨啊，梅啊，这些都不好。"妈妈提起我自己取的那些笔名一脸的不屑，然后她的脑袋左右摆得像拨浪鼓一般。

听到妈妈这样否定我的笔名，我觉得有些沮丧。随后，妈妈一双眼睛很认真地看着我，对我说："听着，妈妈给你取的笔名叫：'蚁蝶'。"

一听"蚁蝶"这两个字，那隐藏在我体内的灵魂好像在这一刻被某种东西给触碰了一样。我站在那想了一下，这是哪两个字？初听它，让人觉得有些怪怪的，又隐约觉得若细细咀嚼，它仿佛又隐藏着很深的意味。

妈妈仿佛看到了我一脸的疑惑，她声音里透出了母亲特有的威严说："听着，妈妈给你说……"

于是，我乖乖地听着。妈妈拉着我的手，很认真地看着我，并婉转地对我说："以前，你看书、写作，我一度认为，一个初中都没有毕业的你怎么能学成，自然对你有点放任自流。"妈妈说到这，脸上出现了一点点红晕。

她稍微停顿了一下又说:"直到这次,兰记者派人来采访你。妈妈看到你的事迹频频被各大电视台报道,我才知道也许你走写作这条路是走得出去的。不管走得出去还是走不出去,你既然走上了这条路,就得去试试,对吗?"

听了妈妈说的这番话,我突然觉得好像我辍学这三年来的委屈和痛苦得到了那么一点点的释然。

"既然,今天你让妈妈看到了一个意外,选择走这条路,妈妈就送你这个笔名当惊喜吧。"说罢,妈妈对我意味深长地微微一笑。

之后,妈妈便道出了她给我取这个笔名的寓意:"蚁:是蚂蚁的蚁。蚂蚁,自古被人们视为是一种极为渺小的动物,你其实就如蚂蚁一样又渺小又平凡。因为脑瘫给你的这副痴痴傻傻的模样,处处让人瞧不上眼。蚂蚁虽然渺小,却是恐龙时代延续至今的动物,可见它的生命力是非常顽强的。妈妈希望你虽然如蚂蚁一样渺小而又平凡,但如它一样顽强,以后无论在何种生存条件下,都是可以生存的!"妈妈说这句话时,好像有意加重了自己的语气。

妈妈稍做停顿又说:"而蝴蝶呢,它是美丽的。但它需要经过非常痛苦的蜕变,才能幻化成美丽的蝴蝶。而你,因为身体残缺,你就更需要去好好地经历蝴蝶的蜕变。只有经历过痛苦蜕变,才有可能得到美丽的人生。"

我一听完妈妈说的这番话,顿时有一种云开雾散的感觉。顿时,我觉得这个笔名好美。于是,我微笑着收下了妈妈给予我的这份礼物。

我觉得它好特别,它既脱俗,又那么地符合我的生命特征。

我倒觉得自己现在的生命状态,更像是一只平凡的蚂蚁或是一枚还没有蜕变的蛹。就如妈妈说的,如果希望自己能变成一只美丽的蝴蝶,就还得好好地努力完成痛苦的蜕变……

第七章

对着镜子里的自己微笑

荧屏里的那个人是自己吗？

今天，四川电视台新闻栏目的张姐姐打电话告诉我，晚上电视台会播放我的节目。晚上，我和妈妈都洗漱完了，我们就聚集在妈妈的房间里，然后我和妈妈各自选一个位置坐好，等着我的节目播出。

过一会，关于我的新闻前奏就奏响了，随着音乐的进行，报道我的画面轮番在电视里滚动。新闻节目主持人对我进行了简单的介绍后我就看见一个脑袋左摇右晃、浑身好像都不受控制、说话时面部肌肉抽搐的怪样，这是我第一次真实地看到自己出现在荧幕里的样子。

当自己的这个形象闯入我的眼帘时，那一刻，我被惊到了。不，不止被惊到了，而是惊呆了。

这一刻，我仿佛有那么一点点明白当《天府早报》的那个杨记者来采访我时，她问我："你是不是在笑？"因为我仔细看自己在荧幕里的一语一笑，我都不太分得清自己是不是在笑。

这二十多年来，我知道自己生的病叫脑瘫，而且是先天性的。我也无比清楚地知道，因为脑瘫这个病，我从小就说话不清楚，走路不稳，我的手无力，因此我写不出清楚的字。这一切的一切，我都知道，但当我第一眼在电视机里看到自己时，我还是对那样的自己感到无比惊讶。

这一刻，屋里只有从电视里闪出来的光，我和妈妈都坐在那儿看着电视里我的新闻节目。

我睁大眼睛望着新闻节目里的自己。"那是我自己吗？"望着屏幕里那怪模样，我不禁在心里偷偷地这样问着自己。就在那短短的时间段里，我不停地反反复复地问自己，电视机荧屏里的那个人是自己吗？我真的不敢相信，屏幕里那正在用含含糊糊的话语讲述故事的那个人——是自己！

但即使我有一万分不相信屏幕里的就是自己，可荧幕里那个人站的位置，是自己再熟悉不过的老爸店铺里的场景，连那人穿的衣服都是自己的。当屏幕里的情景和自己天天所处的环境毫无疑问地重合时，这一刻，一个残酷的事实就如一个惊雷一样在我的耳边炸响。那个说话时面部表情抽搐成怪样、吐字不清晰、走路的时浑身也会跟着发生不同痉挛的就是自己！

当这一残酷的事实被确认以后，我感觉自己的眉头都皱紧了，心也跟着缩到一块去了。在那一瞬间，我仿佛有那么一点点明白以前自己所遭遇的一切的原因。但当我明白这些后，一股在寒冬才有的寒冷，瞬间袭击了我。我的一颗火热的心仿佛在这一瞬间就被冻住了。然后，我的双手竟感觉出了细密的汗粒。

正当我想着我要如何说服自己，电视荧屏里的那个人就是我自己时，我耳朵里却出现了妈妈的声音："哈哈，星汐，你看看你在电视里的那样子，你听听你自己的说话，你看看自己的表情。你好好地看看，你自己平时就是这样说话、走路的……"说罢，她那爽快的笑声在屋里回荡……

而我的眼睛就没有离开过屏幕一刻，原本就因看了自己的样子而不肯接受这个现实的气还不知道往哪里出，妈妈还那样轻而易举就把那些话说出来了。

我只能坐在那一边忍受着接受不了自己屏幕里样子的折磨，一边还得受着妈妈无心的嘲笑。

随着时间推移，我的报道放完了。当自己那怪异的形象在电视屏幕里消失的那一刻，我才感觉自己深深地松了一口气。然后我才感觉刚才因惊讶、质疑,加上深深的否定,所导致的全身肌肉紧绷,这时才有那么一点点的放松。

"咋样,看见自己第一次上电视,你觉得如何?"妈妈还在问。

我很敷衍地回答了妈妈一句,然后就朝自己的房间走去了。

与镜子里的自己对峙

我从妈妈的房间一步一挪地走到了自己的寝室里,然后把门稍微重一点地关掉。我一步一挪地到了梳妆台坐在镜子前面,静静地、一动不动地、狠狠地盯着镜子里的自己。我看见镜中的自己端端正正地坐在那儿。我想如果自己没有患脑瘫这种病的话,其实自己长得还挺漂亮的。

"这个样子也不傻啊。"我坐在那儿,看着镜中的自己在那儿想。但当我这样想的那一刹那,我脑海里瞬间就闪现出刚才和妈妈一起看的自己的新闻节目。那节目里自己的样子,一颦一笑里都只表露出一个字——"傻"。就是这个我一直以来最不愿听、最反感的字居然此时从自己的脑海里蹦出来,然后它还从我自己的口里就那样脱口而出。

这个字虽然是我一直以来最不愿听、最反感的、最想逃避的一个字,但它却是我看到屏幕里的自己时最直接的印象。

当我真真实实明白这一点后,我心里竟然有那么一点点理解地想:"喔,怪不得那些陌生人看我的第一眼就会叫我傻子。"

当我意识到这个想法确实是从我自己的脑海里蹦出来时,我被自己狠狠地吓了一跳。我赶紧把我的凳子以最快的速度移到边上,我不看自己。在这一刻,我有点病态地得意地想:"我不看自己总可以了吧。"

但是当我真的把自己以最快的速度移开镜框时,突然一种与生俱来的不甘,又让我觉得不可以就这样简单、粗暴地逃避自己。

我又把自己一点一点小心翼翼地往镜子前移,于是,自己一颦一笑都透着傻气的样子又出现在了镜子里。这时，我突然觉得镜子里傻了吧唧的自己使我非常非常生气。我狠狠地盯着镜子里自己痴痴傻傻的外表，在心里跟自己疯狂地吼："可是我不是、不是、不是傻子啊！"我在这一刻被自己的愤怒给俘虏了，任由自己被强烈的愤怒操控着。我的双手攥成了拳头，我一下一下地击打着桌面。

待我把愤怒发泄够了，我觉得自己浑身上下已经很无力了。于是，我就双手趴在梳妆台上，把头埋在手臂上非常绝望地哭了起来。那一刻，我听见自己撕心裂肺的哭声在屋子里荡漾开来。

屋子里虽然已堆满了家具，但我趴在那觉得整个屋子都空荡荡的。因为这一刻，我把自己都抛弃了。这时，我仿佛想要去抓住些什么，但又什么也抓不住。此时，我的眼泪已被我哭没了。

当我觉得好受一点点，我还是想鼓起勇气再看看镜子里自己的样子。

看着镜子里的自己，那一颦一笑都透着傻气。这个时候，绝望、伤心萦绕在我心里，想否定镜子里的那个人就是自己的情绪也缠绕在我的心里。我被这几种情绪给纠缠着，我是多么想给自己找个出口出来，但我却发现我就是沉溺在那里出不来……

给自己掀开的一点点曙光

这天天气晴好,天空蓝蓝的。我走在上班的路上,想着那晚我在电视里看见自己的样子,那种惊讶,还有那天晚上的绝望……

自从那天晚上,我心里就起了一个疑虑,电视里的那个人真的是自己吗?我真的是那样傻傻的吗?当我要把那个"傻"字,很随意又仿佛是自然而然地扣在自己的头上时,我又陷入了痛苦和绝望当中……

我把包扛在肩头,偶尔抬起脑袋望望天空的云。"我真的是傻子吗?"当我在心里这样问时,我感觉自己的心被狠狠地揪了一样地痛。我听见一个撕心裂肺的声音在我心里喊道:"不是,我不是傻子,不是傻子……"

我心里的怒火又被自己给点燃了,我又摇摇摆摆朝前走了几步。这时,我猛一偏头,发现自己已经行走到一个玻璃橱窗跟前。我在橱窗里看见被怒气俘虏的自己,身体微微地晃动,脑袋也跟着微微地晃动。于是,我用一股更大的力量让自己克制住愤怒,然后我努力让自己心里的气平顺一些。我对着自己说:"嗨,你好啊!今天天气很好啊!"说罢,我就跟平时一样迈着步子走起来。因为我想尽可能真实地观察自己最平常的样子。这时,我清楚地看见我的面部表情开始抽搐起来。然后我的头、我的脖子,甚至我的身体都开始不由自主地扭动、摇晃起来。

"不,那不是我啊,我不应该是这样的啊。"我狠狠地盯着橱窗里的自己,在心里开始怒吼。

但这一刻,我突然感觉冥冥之中有个声音在用很严肃的语调对我说:"这个一说话、一行动、一走路就会发生不同痉挛的家伙，她就是你！"这声音听上去好像很坚定，不容置疑。

一时间，我竟愣在那了，就那样愣愣地盯着橱窗里的自己。就在我发愣的那个瞬间，它又在我的耳旁响起："现在的样子就是你最真实的样子。"我有点弄不清，这个声音它来自哪里，它好像是橱窗里的自己传达给我的，又好像是从自己内心深处传出来的一样。

"橱窗里你自己的样子，就是你最真实的样子。"

听了这番话，我很沮丧地低下头去，不看橱窗里的自己。我不想去看它，我也不想面对它。因为在我的心里，我只是说话有些不清楚，我只是摇摇晃晃地拿不好东西，我只是走路有些吃力有些摇晃而已……

于是，我又把头抬起来，很认真地看橱窗里的自己，然后很委屈，也很沮丧地问："你怎么是这样的呢？"

一个声音在这时很理智地对我说："你就是这样的，因为脑瘫，你说话含糊不清，你说话时面部表情会抽搐成怪样子，你还会时不时地发生痉挛。其实这些情况你都很清楚，你二十多年的成长也感受到了它们的存在。但这二十多年，你自己对它们也只是仅仅停留在感官的认知而已。"

我猛然间被这个声音狠狠地吓了一跳，经它这一提醒，我好像有那么一点点明白这期间有一些东西到底是怎么回事了。

很多的事，好像并不是一时间就能够想明白的。但刚才蹦到我耳边的那句话，却给我一种在黑暗中见到了一丝曙光的感觉。这种感觉，很奇妙，它至少让我有了一点点放心，也有一点点茅塞顿开的那种微妙的感觉……

人生最大的敌人——自己

这天，我像往常一样坐在店前的那棵树下，我的父亲正在店里睡午觉。我双手环抱着双腿慵懒地坐在那儿看着街上来来往往的车流。每当我遇到困惑，我就喜欢抬头望头顶的那棵树。从树的底下望这棵树，就可以看见它那错综复杂的枝杈，从枝杈的缝隙里可以看见天空。我很喜欢透过树枝去望天空的感觉，这种有些迷乱错杂，又觉得有些清楚的感觉……

我望着天空想起了自己今天在街上的商店橱窗里看见自己的影子，也想起那些冥冥之中飘到我耳边来的话："你就是这样的，因为脑瘫，你说话含糊不清……"

当这番话重复在我的耳旁回荡时，我突然明白，这些年也许连我自己都没有清楚、客观地认识一个完整的自己。我所感受到我因脑瘫说话不清，走路不稳当，手又无力又颤抖，拿不好东西，这些可能只是我对自己这个病最基本的认知。

当我看到电视新闻里那个说话不清、走路不稳的自己，最直观的感觉都逃不出那个"傻"字。而我最直观观看自己得出的结论，我都无法接受。

正当我坐在那陷入深深的思考之中的时候，我突然记起我上学的时候，我的文具盒的盖子上面贴了一张制作精美的表，那表上写的是人生十最："人生最大的毛病是自私，人生最大的悲哀是无知，人生最大的失败是骄傲……"还有一句是："人生最大的敌人是自己。"这句话突然就如一只可爱的海豚，从海底深处一下就跳到我的脑子里来了。

我整个人如梦初醒一样，从凳子上站起来伸了一个懒腰，然后又像刚才那样双手环抱着双腿坐在那想："原来在上学时，我天天都能在自己的文具盒里看着这'十最'。当我看见那句'人生最大的敌人是自己'时，我还在心里暗自笑着编'十最'的人。人生最大的敌人怎么可能是自己啊，这不是瞎扯嘛。"想到这我叹了一口气，想想那时幼稚的自己也真是够可笑的。

然后我又望着眼前的街景很认真地想："现在我算是深深地明白了这句话——人生最大的敌人是自己。"我望了一眼头顶上的天空，它蓝蓝的。

处在此情此景的我，这时才明白了这句话包含的最深层的意义。

我环抱双腿的双手很自然地放开，然后一只脚从花坛上放下来，一只脚继续蹬在花坛上，手放在膝盖上然后托住下巴想："既然最大的敌人是自己，那就跟自己较劲吧。"

此时灵魂深处的自己面对身患脑瘫的这副臭皮囊，就像一个医生遇到一个有疑难杂症的病人。他知道病人的病灶在哪里，但一打开病患处，他才发觉他自己低估了、误判了。于是他站在这个病人跟前思索了好久都不知道该如何下刀。正在他迷茫时，他突然明白了。于是，原本严肃的表情上，露出了一丝丝微笑，他自信地拿起手术刀，给这副皮囊开刀……

他非常清楚，只有真正地揭开一些东西，然后从灵魂深处再剜去一些东西，这样无论是这灵魂，还是这副臭皮囊，才有一丝丝重新生存的机会……

从歌曲《自己》找回自己

这天晚上，我又如往常一样开了那盏橘色的台灯。然后拿出了我红色的MP3，在MP3里找到何炅的那首《自己》。从一听到这首歌，我就不由自主地爱上了它。对它的爱，也出于灵魂深处的某种契机。我身患脑瘫这样一种病，很难与外界融合，很难被外界接纳。很多时候，我感觉就我自己孤零零地独行于这个世界，于是，这首歌一出来，我就喜欢上它了……

调好MP3，我就把它放到桌子上，然后很自然地、静静地坐在镜子前，听着旋律在耳边环绕着。为了我尽可能地观察到一个真实的自己，我尽量让自己放轻松，然后保持一个最自然的状态。

我对镜子里的自己说"微笑"，然后我就微笑。也许是自己真的放松，一开始镜子里的自己还笑得挺好的，那笑就像一个正常人的微笑。但下一瞬间，你立刻就看见它笑过了头，然后脸上就露出一副痴相来。这时，我的头再跟着轻轻一摇，那傻样就暴露无遗了。

我心里自然而然就骂出了那个字——傻。

这时，我听到一个更理智的声音说："这就是你自己的样子，接受吧。你的面部就是会这样露出傻傻的样子，但面部表情露出傻样，并不是就说明你真的傻啊。"

这时，耳旁正好荡漾着何炅唱的那句歌词："渐渐走远了，却忘了初衷是什么……"这时，听到这句话，我突然觉得很有感触，我是不是这样渐渐走远了。想一想，我带着这副痴痴傻傻的样子已经混迹于这个世界二十多年了，这二十多年里我都是这个样子，无论我接不接受，这一点都是改变不了的。

这时，一个强烈的声音好像在质问我："你为什么不能接受你自己这副痴痴傻傻的模样，你就是这个样子。"

我心里另一个声音在狂叫："我不要，我不要，我不要让自己是这样，我自己不是这样的。"

我心里刚才的那个声音更严肃地说："你坐好了。"这时，我好像很听它的话，正了正身子在镜子前坐好。"你好好看看镜子里的你自己，你身患脑瘫，你稍微紧张或者动作一连贯，你的面部肌肉就不受控制，就会显现一副痴样。"说到这，这个声音突然停了一下，接着又用严肃中带着温和的声音说："你因为身患脑瘫，这二十多年你都被除你自己以外的人嫌弃、误会，难道现在连你自己也不能接受你自己吗？"

我就那样愣愣地望着镜子里的自己，我认真、严肃，而又有些无可奈何地望着它问："我这辈子只能是这样了吗？"

那个严肃的声音答："是的，你这辈子只能是这样了。这就是最真实、最真实的你。"这时，何炅又在那 MP3 里唱道："看到镜子前忘了自己的我，又勇敢地笑着说，世界广大而美丽，还好拥有完整的自己。"

这些歌词好像在以一种轻柔的方式提醒我，应该用一种更大的勇气，或者说更大的胸怀去接受镜子里自己那副痴痴傻傻的样子。

这个时候，我突然觉得我的灵魂深处猛然一痛，因为我突然意识到，我必须把"我不是这样痴痴傻傻的"这样一个根植于我心里二十多年的想法拿掉。然后，换上"虽然我外表痴痴傻傻的，但难道我自己还不清楚自己，我不傻，我什么都知道啊"。这时，我又在心里对自己说："是的，我一点也不傻，想想自己曾经在那些报纸上发表的文字。再想想这次成都连续六家媒体都争相报道了我。我怎么可以就因屏幕里那痴痴傻傻的表象，而把整个自己都全盘否定掉呢？"

这时，我好像被一个惊雷炸醒，看着镜子里的自己又想："是啊，我不能，坚决不能就这样，仅仅因为自己那略带痴傻的表情就把自己曾经的一切都给全盘否定掉。这对自己是不公平的！"想到这，我看着镜子里的自己流出了眼泪。

而恰好这时，何炅用他优美的嗓音唱道："看到镜子前忘了自己的我，又勇敢地笑着说，世界广大而美丽，还好拥有完整的自己，再勇敢开始新的旅行，我会放下犹豫去珍惜……"听完他唱的这些，镜子中还带着泪的我，突然又对着镜子笑了起来……

我会勇敢坚持自己

我们店铺的隔壁是卖圣象地板的，为了视觉效果好，他们店铺靠外那一面是安的玻璃。每每人在那面大玻璃的跟前走，人的影子是完全可以照出来的。这天中午，吃了饭爸爸又午休了，而我坐在那儿没事，我就像受了某种指引一样，走到那面大玻璃跟前去了……

我一边在那面玻璃前慢慢地晃悠，一边扭头看看映在玻璃里的自己。我走它也走，玻璃把我走路、行动时的一颦一笑、一举一动都那样真实地展现出来。我在迈步的时候，尽量让自己保持一个最自然、最真实的姿态。走路、迈步导致我全身上下出现不同的痉挛，那样子让自己都有些好笑，感觉自己有些像提线木偶。

当我的脑子里产生这个想法时，我突然就愣在那儿了，觉得我自己都有些被惊呆了。"当自己能够完全地面对自己的痛，并以一种开玩笑的心态来面对它，那么这个痛也将不是痛了。"当这句话是那么偶然，又是那么地自然而然地出现时，我又被自己惊到了。这时，我很自然地抬头望了望天空。蓝蓝的天空飘着一朵朵白色的云，而我此时的心情，因为我心里新产生的这一想法而觉得豁然开朗。

我望着天空望得有些累了，走也走得有些累了。我稍微一抬头，就看见了我平日里最依恋的那棵树。我想到那天我坐在树底下，左思右想我该如何面对那个最真实的自己时，"人最大的敌人是自己"这句话，突然闯到了我的脑海里。当我今天再试图去面对此情此景的时候，我深深地叹了一口气，是因为我此时有着深深的感慨。

我望了一下头顶的天空,又在那想:"一个人最大的敌人是自己。如果当自己有那么一点点战胜了那个不可战胜的自己,那将是多么好啊。"想到这,我感觉自己的嘴角微微向上翘了一下。我又偏头看了一看那面大玻璃里的自己。我是那么清晰地看到此时玻璃里的自己正在对自己笑。那笑给人感觉好美好美……

我收住微笑,很满意地朝着那棵树下的红凳子走去。此时,我觉得自己浑身好放松哦,我一边走,一边很自然地抬头望望那蓝蓝的天空和飘着的朵朵白云。

此时的心境,让我想起我那天晚上在自己的房间里,《自己》那首歌回荡在我的整个房间里的画面。我此时耳边很自然就回荡起何炅那首《自己》:"世界广大而美丽 / 还好拥有完整的自己……用手机编一段动人的字句 / 唤我的名字发给自己 / 就当它是最好的鼓励 / 陪我走过最美丽的风景 / 就当它是最好的鼓励 / 我会勇敢坚持我自己……"

当那句"我会勇敢坚持我自己"出现时,我的眼泪突然就在那一刻,顺着我的脸颊流了下来……

第八章

将爱情塞进漂流瓶，扔进大海

你是癞蛤蟆想吃天鹅肉

这天晚上，我又独自坐在了自己的房间里。镜子里自己那美丽的模样，很容易就被脑瘫这个坏家伙牵出怪样子来。

此时我很伤心，真的很伤心，那伤心里还带着深深的绝望。

回想起今天早上，我和妈妈惊天动地地大吵了一架。在我们日常很多次争吵中，唯有这一次是为了一个男子。

这个男子，他是前不久我开启我人生第一次旅行时，在飞机上认识的。他是我成长了二十多年，第一个除父亲外对我那么好的男人。

妈妈一直说，他之所以那样对我，是因为职责所在。这也说得通，我是一个说话和行动都不方便的脑瘫残障人士，而他作为一名飞机上的空乘人员对我好，是他的职责。但我却觉得，他对我的好也许不仅仅是因为他是一位飞机上的空乘，而我是飞机上一位乘客那么简单。

回想起，跟他初次相遇的那一天。因为脑瘫给我带来的时不时的痉挛，导致我无法像正常的人一样端起一杯水。凡是坐过飞机的人都知道，飞机起飞趋于平稳后，空乘人员就会给每位乘客发饮料。为了不暴露自己的丑态，我就问他——一个非常帅气的男空乘要吸管。没想到，他说没有。如果换了其他乘务员，这件事就结束了。可是，他却为了一根吸管，几乎找遍了整个飞机。最后实在没有办法，他把自己盒装牛奶上的吸管拔下来给我用了。

我冷冷地看了一眼镜子里绝望的自己，想：如果，故事仅仅到这，我对他也不会痴迷。

要下飞机的时候，经旁人提议，我跟他还合了一张影。这张合影，是我这辈子第一次跟一个陌生男孩的合影。最让我感动的是，他不仅仅跟我亲切合影，最后我们快要分别的时候，他特地让我等一下，然后在我手里放了两枚港币。他说那是他去香港游玩时，带回来为数不多的东西。

此时的我，二十三岁，正处于一个对恋爱充满了无数憧憬的年纪，最关键的是：我父母在我十二岁就离异了，因为从小缺乏父爱，再加上脑瘫这样的残疾无法按学龄正常入学，唯有几年的学习生涯，还饱受男生们的欺辱。

恰巧我在这个年纪遇到了他，一个帅气、温情的小伙，他是我长这么大以来，唯一一个第一眼见到我不仅没有嫌弃我，还对我如此温柔的男孩。这让我怎能不动心呢？

今天早上跟妈妈吵架，是因为我想要给他所在的航空公司打电话。我想以这样的方式找到他的联系方式，从而希望得到一丝跟他发展的机会。我觉得，从我跟他的相遇，到他后来跟我亲密的合影，到最后他送我两枚港币，这一切不正是别人口中的缘分吗？既然它是我的缘分，那我就得去抓住这个机会。

但是这些被妈妈知道后，妈妈跟我大吵了一架。她对我说，我的这种行为不可理喻，是痴人说梦。后来，妈妈就把我一个人扔家里去上班了。

妈妈走后，我绝望地趴在地上号哭。因为我想不通，我和他都是人，我们一个是女人，一个是男人。我们为什么就不可以有恋爱的可能呢？我为什么就不能为自己的爱情争取一下呢？

在家里绝望地哭了一会，觉得就算我再绝望，这个事情也是无解的。时间到了，我也该上班了，于是我就到爸爸的店里去了。

没想到今天恰好有一个我刚认识的女老师来找我。因为无助和绝望，我跟她简单地讲了讲我与那个男孩的相遇以及今天早上我想打电话去航空公司找那个男孩，被妈妈阻止并骂了我的事儿。当我跟她说完我的偶遇以及我想为这次偶遇所做的一点点努力时，她不但没有给我一点点安慰，还借他们朋友的口说："我朋友说，你的这种行为就是癞蛤蟆想吃天鹅肉。"当她把这样的话说出来，我就觉得一个惊雷在我的耳边炸响。

怀着绝望的心情想到这，我看着镜子里的自己。镜子里的自己眼睛红红的，眼里含满了绝望，甚至绝望中还带点恨。

给我做报道的那些报纸、电视上都说，脑瘫女孩怎么怎么样，但脑瘫是前缀，归根结底我还是一个女孩。既然是女孩，就应该有女孩都有的憧憬。我已经因为脑瘫这个鬼而辍学，跟我的同龄人比，我已经因这个残疾失去太多、太多。现在我遇到了爱情，我身边的人——我的妈妈、我的女老师，她们不但不支持我，还对我百般阻挠，甚至说我是癞蛤蟆想吃天鹅肉？

这几个字就如一根根刺，深深地刺痛了我。它不但刺痛了我的心，还刺痛了隐藏在我身体深处的灵魂……

"难道我因为身患先天性脑瘫就不配爱了吗？！"在那一刻，隐藏在绝望背后的愤怒爆发了出来。此时，我手里握着的那两枚那个男子送我的港币，被我无情地抛到空中，然后又噼里啪啦掉在地上……

他们问我,你凭什么被爱

也许,我真的是已经到了谈婚论嫁的年龄。我们店铺左邻右舍的阿姨们开始给我陆续介绍对象,就连我跟我妈妈出去做客,别人也见缝插针地给我介绍对象。

这天晚上,我又在爸爸那边吃饭。大家一边吃饭,一边聊天,看着大家聊得那么开心,我也来了兴致。我就坐在那当着大家的面说,最近某某又给我介绍了一个对象。说罢,我就安静下来在那等,仿佛在等这桌的人给我一些意见或一些祝福。过一会,坐在床头的幺妈问我,他是哪儿的人,家住哪里,是干什么工作的。

正当我坐在那儿,怀着一种有些激动、有些羞涩的心情想我应该怎么回答时,我那喝了一些酒的一个亲戚——平日里我觉得他是为数不多爱我的亲戚之一——带着微醉的语气,当着那么多人问我:"你想想你这个样子,你又凭什么被别人爱啊?"

当我听到这句话的那一瞬间,整个人就像被人狠狠地当头一棒,被敲得晕晕的。与此同时,我还感觉到一股前所未有的寒冷,在这一瞬间就侵袭了我。我坐在那,感觉到寒冷从我的内心散出去,侵蚀了我身体里的每一个细胞。

我整个人瞬间就蒙了,我愣在那儿感觉有些无所适从。因为我竟一时间找不到一个准确的词或一句准确的话来反驳他。我坐在那儿,自我嘲笑似的想:我身患脑瘫,我说话不清,走路摇摇摆摆,说话时脸被扯成怪样,这样一个我，又凭什么被人爱啊？

"你凭什么被爱，你又有哪一点值得别人爱呢？"这句话，曾经被我一个表姑的女婿脱口而出。当时，这句话对我打击不小，外人怎么看我，我都觉得无所谓，可说这句话的人是我表姑的女婿。

而今天，这句话却又被一个如父母般关爱我的人这样轻而易举地说出来。他说完这句话，似乎丝毫没有在意到这句话对我的影响，他继续在那夹菜吃，继续端着他的酒杯在那儿喝酒。

也许他也觉得此时桌子上的气氛不对，他咂了一口酒又用微醉的语气对我说："为什么你就非要去找一个人啊？"听了这句话，我沉默了，一时间我也不知道应该如何回答。

那一刻，我就那样静静地坐在那儿，我觉得我的心就如一壶煮沸的咖啡，它在苦涩中沸腾。

我愣在那好好想了一下，我听见我心底某个声音在说："因为我觉得，我作为一个女孩，我应该去体验一下爱情的滋味和恋爱的感觉。我虽然有脑瘫这样的怪异残疾，但我的情智是健全的。我跟所有青年男女一样，我也有七情六欲。甚至，正因为身患先天性残疾，从小又生长在一个破碎的单亲家庭里，我更渴望被人疼，被人爱。难道这有错吗？"

稍作沉默，那声音仿佛又在我耳旁响起："上苍给了我这样一副身患脑瘫的躯体，但让人感到更绝望而无奈的是，它也赐给了我所有人都有的七情六欲。我觉得'七情六欲'这四个字，我根本就逃不开它。"

我没有回答，这个话题也就到此打住。晚上，回到家我又一个人孤孤单单地坐在我自己的房间里。我坐在镜子前，看着镜子里自己那副痴痴傻傻的样子，而且我还看见镜中的自己双眼通红。

这个时候，我有那么一点不忍去看镜中的自己。我偏过头去，在梳妆台边的床头柜抽屉里拿出了一个粉色的别人装结婚戒指的盒子。里面装着L笛送我的那两枚港币。从L笛把那两枚港币给我那一刻，我就把这两枚港币当一种定情信物一样珍藏着。

此时,我趴在梳妆台上,眼里含着泪,脸上已被画出了一道又一道凌乱的泪痕。我想着我跟 L 笛的相遇,想着当我想去跟 L 笛再试图联系时,妈妈的反对和我那女老师就那么轻而易举用"蛤蟆"这样丑陋不堪的字眼来形容我;再想想今天晚上大家在一桌吃饭的时候,我对大家谈起了我的婚姻时亲人说的话。

"你这个样子凭什么被爱,你又有哪一点是值得别人去爱的?"当这句话此时回荡在我耳边时,我对着镜子里那个脸上挂满了凌乱泪痕的自己,冷冷地笑了笑。

然后我双手猛砸了一下梳妆台,我被愤怒带着一跃而起,我狠狠地看着镜子里的自己,愤怒地朝她吼道:"难道就因为我是这个样子,我就不配拥有爱情,不配被爱了吗?你们凭什么来参与我的爱情?凭什么啊……"此时,我在镜中已看不到自己,我看到的只是一只身受重伤的怪兽,她此时,正对着镜子咆哮,她也只能这样对自己咆哮……

我的爱情被轻易玷污了

这天，我在店里看书看累了，就放下手里的书，摇摇摆摆走到店外的那棵树下想去伸一下懒腰。正当我走到花坛边，刚把手伸向空中，就听见身后G阿姨在叫我。

我转身过去一看，她正坐在她的店里向我招手呢。我走到她桌边坐了下来。见我坐稳了，她把头稍稍朝我这里探，然后单刀直入地对我说："星汐，我看你的岁数也不小了，你也该考虑考虑自己的婚姻问题了。不然，以后你父母若老了，你可怎么办呢？"我一听觉得有些道理，脸上露出了一些欣慰的表情。

可还没等我开口回答她。她认真看了我一眼，然后说："星汐，你敢不敢跟我保证？"我听到这儿就觉得有些诧异了，在心里暗自想："你不是要给我介绍对象吗？怎么对象还没给我介绍，你要我保证什么呢？"她也许感觉到我奇怪地盯着她。此时，她也看了我一眼，那眼神里满是闪烁，然后再认真地看了我一眼，说："星汐，你能不能保证以后你妈妈先你而去了，你妈的那套房子会留给你。"

我被她的这一系列的话惊得一瞬间就没有语言了。她看我惊呆在那儿了，她又接着说："是这样的，我想给你介绍一个对象，如果你能保证将来你妈先你而去，你妈的那套房子就是你的。这样我们也好有一个保障，别人跟你在一起了也安心。"一听这话，我瞬间就如一个被吹得鼓鼓的气球，嘭一声就爆炸了，我觉得我的心也跟着炸碎了一样。然后，我觉得我瞬间就被一种前所未有的悲哀给裹挟了。

但我还得用尽全身的力气让自己镇定，我跟她说："我妈的房子，是我妈的房子。她将来老了，她的房子会不会留给我那是她的事。"因为太生气，我觉得自己也不好和她多说什么，然后我就离开了……

当走出店铺那一刻，我狠狠地盯了那人一眼。我站在花台边，看着街上的车水马龙，我在那想："爱情是什么，是两情相悦，如果彼此喜欢，是不会计较对方有什么的。真正的爱情是就算那个人残疾了，也丝毫不会计较地跟他／她在一起。真正的爱情绝对不会像这样要保证有没有房子、车子才在一块。"我站在那想着想着眼泪就不听话地流了下来。

那一瞬间，我又觉得好可笑。就因为我身患脑瘫这样的残疾，我就必须得降低我对爱情和婚姻的标准？不，这已经不是降不降低的问题了，这完全就是因为我这副怪异残疾的身体而脱离了爱情的本身。

此后又有一天，我在另一家卖地板的店里闲谈的时候，章阿姨又和我提到了关于婚姻的事情。她平淡地跟我说："我前段时间，帮你物色好了一个对象准备介绍给你。但是呢，就不知道你愿不愿意？"我听了并没有说什么，便问她那个男的各方面的条件怎么样。

她就接着往下说："他家是农村的，家境很贫寒，家里有一个母亲，上面有三个兄弟，而他的父亲在前些年遭遇车祸不幸去世了。他排行老幺，今年二十七岁了，无业，平日里就仅靠着家里那几分田过日子，日子过得紧巴巴的。"

听罢我不禁叹道："啊！没有工作啊？""那我们以后吃什么啊？！"后一句话我把它留在了心里，没好说出来。

她也许感觉到了我不愿意，口气里略带讽刺地说："怎么？难道你还嫌不成？你嫌别人没工作，别人还要反过来问你一个残废的姑娘能做什么啊？！别人愿意要你就已经很不错了。"

什么叫"别人愿意要你就不错了"？这感觉我就像卖不出手的货一样，那意思是不是只要有人要，我就得上赶着啊……

她这一番话让我瞬间感觉到了绝望、屈辱。我在心里有些愤恨地想：什么叫"残废"？我是因为脑瘫这个鬼，说话不清，走路也不稳，而且因为脑瘫带给我的痉挛，我会时不时有怪异的动作、怪异的表情出现。但是我也没有"废"啊，我会写文章，我有那么敏捷的思维。退一万步说，就算你们忽视我的那一点点才华，我也在帮爸爸看店，帮他打扫卫生啊。

"爱情它不是最神圣的吗？它不是只要相爱的男人和女人彼此喜欢就行吗？喜欢对方的才华，喜欢对方的某种气质，喜欢……"想着想着我的眼泪流了出来……

新人台上飞泪，我在台下飞泪

这天，我跟妈妈到一个亲戚那儿去参加婚礼。妈妈在哪儿我好像就必须在哪儿，这仿佛是残疾给我的限制。大家也都习以为常，因为我的残疾，我在他人眼里就是需要被照顾的。

和妈妈刚到某酒店，新娘用喜糖迎接了我，随后我就跟妈妈走进了酒店。我跟着妈妈在大堂和她的朋友们寒暄了一会，就随宾客慢慢进入礼堂。礼堂被布置得很温馨、浪漫。有一个今生难忘的婚礼是每个女孩的梦想，基于这样一种愿景，几乎每场婚礼都各有各的美。所以，一进礼堂就能感觉到一种属于爱情婚姻的浪漫，而这种浪漫的主题，无可逃避地刺激到我伤感的神经。我多想转头就逃离这个婚礼现场，至少让已经够凄惨的自己有一个逃离的机会。

但，我不但不能逃离，我还得强装微笑，把我所有的伤感都藏进我这副痴痴傻傻的样子的背后。然后，让我惯常的微笑显出痴傻的样子。不论是亲戚的婚礼，还是熟悉或是不熟悉人的婚礼，可能没人会想到他们的婚礼会给我带来怎样的伤害。

"今天是一个喜庆的日子，在这个喜庆的日子里，我们共同迎来了 L 先生和 S 女士的结婚庆典。春天是一个充满希望和充满浪漫幻想的季节，在这样美好的季节，我们的 L 先生和 S 女士将带着对未来生活美好的期望和憧憬，手牵着手步入他们的婚姻殿堂。"

也许他们是一对经历了家庭阻挠的新人吧，我看见台上司仪在说这些话的时候，新郎眼睛里有泪光闪烁，那个新娘——今天最美的女孩，也早已把眼睛哭得通红。

也许是这婚礼浪漫温馨的场景，加上那司仪一个劲在那煽情，我也感动了。

台上，新娘、新郎均已哭了。而此时，看着眼前那浪漫的情境，无可逃避地听着司仪的煽情，想着自己也到了结婚的年龄，却因为脑瘫这个鬼，连自己想去追寻的人都追不得。并且，我的爸爸、妈妈，身边的亲戚，他们对我的爱情不是反对、打击，就是冷嘲热讽。

而让人感到最最生气的是我的亲朋好友们对我说的那些话，什么"你就是癞蛤蟆想吃天鹅肉""你说说，你这个样子你到底有什么值得别人去爱的啊"，它们都无可逃避地像一支支离了弦的箭一样，从我的耳朵里直接插入了我的心脏。那种痛，在这现场的催化作用下，让我觉得更痛。

我早就感觉到自己要哭了，我一直在用一种很强大的力量在那儿忍了又忍，即使这样我的眼泪还是会抑制不住地往外涌。我用手使劲把嘴捂住，在那一刻，我觉得我都快要窒息了。结果我还是忍不住哭出了声，我的哭声被我的妈妈听见了。

妈妈发现我哭了，她压低声音对我说："你别哭了，把嘴闭上。你让人家看见，算是怎么回事。"

这时，我三姨说："你看，那么大一个小伙子，结个婚居然哭成这样了。"她转过头来，恰巧就发现我坐在那儿偷偷哭泣，而妈妈正在那说我。

三姨似乎感觉到了一点点不对劲，在黑暗中轻声问我妈："她到底是怎么了？"

妈妈小声地跟三姨说："她跟着在那瞎起哄干吗，别人结婚关她什么事。"她说罢又转过头去继续关注台上的婚礼去了。恰好，这时婚礼也进入了一个高潮。当我把自己从悲伤中稍稍抽出来那么一点点，我就又听见台上的司仪说："他们的结合是天赐良缘，珠联璧合。我不是牧师，我无法向上帝去祈祷，但我要祝福他们琴瑟永调，白头偕老。"然后现场温馨而略带激情的音乐响起。

而我，感觉根本经不起这一刻的温馨浪漫。台上的婚礼达到了高潮，新郎、新娘都止不住飞泪，而我的悲伤、绝望在这一刻也达到了一个高潮，我也不想用自己的悲苦去破坏别人的幸福、甜蜜，我感觉自己已经要忍不住了，我赶快捂住自己的嘴，从婚礼现场逃了出来。

此时的大厅好清静，清静得有些冷清，我跑到一个有窗的地方，趴在那栏杆上伤伤心心地哭了出来。这一刻，我把我所有的绝望都哭了出来。而此时，礼堂里的婚礼，好像已经圆满礼成，我听见大家异口同声地说："新婚快乐！"

将爱的祈愿，写进小说里

这天晚上，我一个人坐在书房里，带着有些忧伤的心情坐在电脑前。我的那蓝色的电脑桌上放着笛给我的两枚港币。我用摇摇晃晃的手指在键盘上敲几个字，又看看那两枚躺在电脑桌上的港币。

我又用摇摇晃晃的手指在键盘上敲着："某年某月某时，开往某海滨城市的飞机缓缓地起飞了。飞机的起飞开始了宇微愉快的旅途，一次神秘而美丽的偶遇也随之降临在宇微身上，这竟让天真稚嫩的她迷惑了很长一段时间。"

我手指在键盘上敲着字，我想起今天上午我又一个人坐在店里，我不想看书，甚至都不想走到店外。我这几天都心神不定地想着我跟笛的偶遇，想着我自己的爱情。

人，之所以矛盾，也许是因为他是有感情的，而感情无论怎样强烈，他也会顾忌现实。当一阵激情过后，特别是这激情在膨胀时就遭遇了阻碍，它会很快就跌到现实之下。我坐在那想，妈妈、我的Y老师都那样反对我去找笛，是不是我的这种行为太过了。自己的爱情，经历了那样的打击、嘲弄、诋毁，我好像已经无力再去坚持了。

但是，我心里还是会很想他，真的会很想，想他对我的好，想他给我的那两枚港币。我自己在这个男孩身上是动了情的。我想到他对我的一颦一笑，我就会在那儿笑。但当自己的狂热过去，我也清楚地知道——我和他是不可能的。

因为我是有残疾的,而且是脑瘫这样的怪异残疾。每当我自己在那孤零零憧憬,如果我哪天真的恋爱了,我跟自己的恋人去喝咖啡,原本两人很浪漫地在那儿喝咖啡,结果我的手突然一痉挛,咖啡洒得到处都是,然后两个人陷入了很尴尬的境地。这些,都让我不敢去爱……

"既然如此,为什么不去尝试写小说?"这时,不知道从我周边哪儿冒出来这个声音。

"写什么小说?"我在心里问。

"把你憧憬和向往的爱情写成小说啊?"那个声音在对我强调着。

"对啊,我为什么不能把他和我的爱情都统统融入小说的创作中。"于是,我收起了正在看的书,拿出了一个本子。然后,开始在那本子上写道:"宇微天生美丽迷人,而且资质聪明。如今的她俨然已经长成了一个美丽的大姑娘。唯一美中不足的是,老天不单单只是赐给她了美丽与聪慧,而且同时还赐给她了一副无比沉重的枷锁,那副枷锁的名字叫残疾。正是这副沉重的枷锁给了一直向往自由与完美的宇微太多的苦难与限制……"

也许,这次的相遇,只是一次偶遇,但我却是真真实实动了情的。所以当我的笔尖一触到纸上,我觉得关于我和他这篇小说的灵感就不断地涌出来。

此后,只要白天一有空,我就坐在那儿拿着一个本子,用颤抖的手用力地握住笔在那儿刻着我的爱情故事。

晚上吃完晚饭以后,我什么事也顾不得做,就又把自己关进了书房里,把白天我写在本子上的内容输入电脑。

在小说里,我虽然也把自己塑造成了一个有先天性残障的女孩,但我的残障已经不是脑瘫。在这一刻,我才发觉,我走上写作这条路真好。我可以把我在现实里,因脑瘫这个鬼得不到的统统都搬进我的小说里。也许,这就是我当作家最初的动力吧。

  我就那样沉浸在小说男主人公和女主人公那凄美的爱情里。虽然,作为一个创造者会很痛,很累,但也往往是这个时候,我的内心得到了一种前所未有的情感满足,甚至在那样的时刻,我感觉到了一种幸福……

我遇到了爱情

这天晚上,我又如往常一样待在书房里,坐在电脑前继续写我的那部小说。我突然听到电脑里传来两声咳嗽的声音,我往电脑右下角一看,有人加我。当时我正沉浸在那部爱情小说的创作里,我真的无暇顾及其他,我把那小喇叭点开后拒绝了。没想到对方仿佛是一个跟我一样倔强的人,我拒绝了他,他又加我,然后我又拒绝了,然后我又听到了咳嗽声。我和他就反复如此好多个来回,最后我终于同意加他为好友。

之后,我就如对待很多陌生好友一样,让他静静地待在我的QQ里。后来,在一个没有灵感的夜晚,我对着文档试了好多次,都进入不了写作的状态。后来干脆放弃了,我关掉文档打开了QQ,发现他——水,也在线。他见我上线,招呼了我,而出于礼貌,我回了他。就这样,我们展开了第一次聊天。通过一番聊天,我才发现我跟他对很多问题的看法都有很多相似的地方。在遥远的地方能有一个倾听者也是不错的。在我们第一次聊天后,他主动在聊天框里留下了他的手机号,还告诉我他真实的名字,而他名字最后一个字就是水。

他还问我要手机号。他说现在他在读研没有什么时间上网聊天,如果有手机的话,他有空了就可以给我打电话。可是那时候,我几乎把我所有的钱都花在买书这件事上了,哪有那个闲钱去买手机。

后来,他主动给我留下了他的邮箱,并对我说:"如果你有什么不开心的事就写信告诉我。"可我却从来没有给他写过只言片语。他似乎拿我有些没有办法，又感觉我可能真的有某种东西打动了他。

他就跟我约定，我们每周四晚上，在网上见面聊天。这天晚上，我正坐在电脑前，我并没有像往日那样点开写作的文档，让自己进入写作状态，而是在那儿浏览网页。过一会，电脑页面的右下角QQ闪着他的头像。

"你最近好吗？"他的聊天框里弹出了这几个字。

"嗯，还好。你呢，你的学业怎么样，还是那么忙吗？"

"嗯，天凉了，你要注意多加衣服喔。"已记不清我跟他在网上聊了五个月还是半年，我们就这样聊着聊着就在网上确立了恋爱关系。

每次跟他聊天，我都觉得我们有说不完的话题。用一周等来的时间，常常感觉一转眼就晃过了。

这天晚上，除了电脑的光，其他地方都是黑的，他的头像又在我的聊天列表里暗了，我和他一周一次的约会又结束了。看着暗淡的头像，我环视了一下周围的黑暗，想："难道这就是恋爱吗？"

虽然，我至今都弄不清楚"恋爱"这个玩意到底是一个什么东西，但我觉得现在我正被某种温暖的情感所深深地包裹着。每次和他聊天，我总感觉内心被某种温暖的东西充盈着。

现在的我已经不是那么想念笛，我在飞机上遇到的那个笛，虽然也给我带来过那种温暖的感觉，但那感觉跟水比起来，还是水给我的感觉更加真实一些。

"想忘记爱情给你留下的伤，就去开始一段新的恋情。"我坐在黑暗里，看着电脑投射到黑暗里的微光，这句话不知从我脑海里的哪个角落冒出来了。

没有经历过爱情时，只是觉得这只是一句话而已。现在我跟水，正陷入如火如荼的爱情里，现在的我再想到这句话，觉得有那么一点点道理。

我坐在电脑前，有些幸福地伸了一个懒腰，然后又趴在电脑前，把水的聊天框打开，用鼠标一下一下在那滑动，看着水在聊天框里跟我说过的话，我有时嘴角会扬起幸福的微笑，同时心里涌起一阵阵恋爱的感觉……

飘过我爱情天空的温暖的云

窗外天阴阴沉沉的，此时我正坐在一个表叔为我们找的房子里。看着窗外的天，我想着2008年5月12日遭遇5·12大地震后，和妈妈从我们的家仓皇逃出，再辗转逃到了重庆。我们在表叔家住了半个月，表叔为了我们有个家，在外面给我们租了一个房子。

看着窗外阴沉沉的天空，我拿着表叔借给我的老式手机，坐在那怀着伤心、绝望的心情，用颤抖的手指在手机上编着一条短信："我们结束吧，我们把一切的一切都结束吧。我们不要再有来往，结束吧。"短信发出去，我趴在桌子上哭了。我此时，真的怨天，我好不容易遇到了爱情，当我和水在网上像所有恋人一样缠绵的时候，我却遭遇了举世震惊的大地震！

现在的我刚刚经历了"死里逃生"这四个字，我的家也成了危房。为了生，我已经逃到了千里之外……现在的我家都没有了，还谈什么恋爱。如今，恋爱对我是多么奢侈的一个词。

正当我趴在那儿只剩绝望的哭泣时，他发来了一条短信："为什么，是你发生了什么事情了吗？"

还没等到我回他，手机上就出现了他第二条短信："不，我是绝对不会跟你分手的，无论如何也不会！"他的语气很坚决，好像容不得我说半个不字。面对此情此景的我，无力抗拒他热烈的爱。但我意识到，我的爱不能继续了，此时，我不仅仅是一个说话不清、走路不稳的脑瘫残障人士，我还是一个连家——这个最后的堡垒都没有的流浪人，我必须跟他断掉关系。

为了让他对我死心，我在手机上按下了他的电话号码，这是我们交往这么久以来我第一次对他主动。电话打通了，我在电话里对他哽咽地说："你听好了，我就是这样一个连说话都非常困难的女孩，难道你不在乎吗？"

他在电话那头非常镇定地回了我三个字："不在乎！"这个时候，我才经历大地震，连家都没有了，我没有一点点力量与他抗衡。因为这个时候我需要他，我没有更大的力量去推开他。

既然断不了，那就继续恋着，我们每天就这样短信传情。大概半个月后，我的二姨爹和我们说："你们还在外面躲地震啊？再不回来你们房子里的东西都要被别人盗光了，你们的房子都快被爆破了。"

听闻了这个消息，我们从重庆赶回了都江堰。可我们家已经在地震中成了严重危房，我们回成都后就住在离家四十多公里远的地方。为了能继续跟他联系，我这个视手机为跟踪器的人第一次买了手机。

住进灾民点没多久后就是我二十五岁生日了。他问我二十五岁生日想怎么过，我跟他说，我想听他给我唱一首生日歌。日子如水一样就流走了，我终于等来了我二十五岁生日那天，我从早上开始就在等他的电话。可是——那一天，我一直都没有等到他的电话。

我终于在下午的时候打电话给他，提醒他这一天是我的生日。他多余的话没有说，就只是淡淡地对我说了一声："生日快乐。"然后匆忙挂掉了电话。此后，他的电话消失了，他以前频繁的短信也消失了。

这天，我们在灾民点的大食堂吃了晚饭后，我一个人在灾民点一边慢悠悠地散步，一边望着远空里那一朵朵云，我在想我跟水的恋爱到底算什么呢？它是这样地炽烈，却也这样地短暂。

我望着天边的云，一边走一边想，我好像突然就明白了。水，他对我而言，就如一朵温暖的云，当我的生命处在最黑暗的时候，飘进了我的生命。

现在我和妈妈经历了5·12大地震，我们经历了逃命、逃难，现在总算在灾民点暂时安顿了下来。而这个时候，我的水他陪我度过了最危难的时刻，他见我逐渐安好，他也就又如一朵云一样飘远了。

很久后的一天晚上，我拿着手机浏览别人的QQ空间时，我在他的空间里看见了他与另一个女孩的结婚照。虽然此时此刻，我的心还是会如被人狠狠地揪了一下一样痛，我眼里也含满了心酸、心痛的眼泪，但我还是在心里对他说："谢谢你在我生命最黑暗的时刻，如一朵温暖的云温暖过我，祝你幸福……"随后，我感觉有泪水划过我的脸庞……

我想扔一个漂流瓶给大海

这天晚上我躺在病床上，上午我刚做了手术，因为前段时间把右手手掌给弄骨折了。现在我的手被纱布包得跟粽子似的，手虽然刚做了手术，但因为有止疼泵，所以不动的时候，疼痛不是那么厉害。但毕竟是做了手术，各种不适加上对医院本能的排斥，让我此刻没有睡意……

看了床对面睡着的妈妈，我突然想到自我住院受伤以来，一直是妈妈一个人在照顾我。妈妈她也是六十多岁的人了。如果我没有脑瘫、没有遭遇后来的地震和2012年新患的全身性肌张力障碍叠加综合征，我想也许我早就有了另一半了吧？每当在这种时候，我多么希望我能有一个另一半。当很多人跟我提这个问题的时候，我也想过——但，我总觉得这事对我并不是容易的……

我曾经写过一部爱情小说，这部爱情小说我反反复复修改了十年，倒也不是我想把我的这部小说改成精品。对我来说，它更像是一种情感的寄托与慰藉。每当我陷入这种孤独、苦痛时，我就自然而然想起这部小说，想起书中的男女主人公。

因为女主角身患残疾，男主角的家庭极力反对。在对峙时女主角因意外导致瘫痪，为了不拖累对方，她隐瞒自己的痛苦跟男友分手。也许真的是造化弄人，医生对女主说的"一辈子都会瘫痪"只是一个误诊，最后女主角到了一个小渔村支教，这是她和男主角曾经来过的地方。她跟自己的挚爱分开，又经历了车祸与瘫痪的种种苦难。当她重新站起来，返回到那片海的时候，她耳边就响起了张雨生那首《大海》："从那遥远海边 / 慢慢消失的你 / 本来模糊的脸 / 竟然渐渐清晰 / 想要说些什么 / 又不知从何说起 / 只有把它放在心底……"

小说纵然创作得再具文学价值，我觉得它也不会脱离现实。至少，现在现实里的我是这样的。躺在病床上睡不着，被各种难受持续折磨着，还有医院特有的病人的呻吟声……此时，我悄悄地摸出了手机连上耳机，张雨生的那首《大海》在我耳朵里响起。每当这种时刻，我会想起自己曾经经历过的情感：我曾经遇见了笛，我曾经那么疯狂、炽烈地爱过他。纵然这份爱被世人所知时，遭遇了人们的否定、嘲笑，我也不会否定自己对笛曾经付出过真情。还有水，水对我而言，更像是我突然感到寒冷，这个时候他恰好给我披上了一件棉袄，让我觉得温暖。即使他现在也许已经成为别人的爱人，但现在静下心来想想，他毕竟在我刚遭遇大地震那会——在那个阴冷的雨天，当我想尽各种方式想把他从我身边推开，他依然没有离开。至今，当我认真回忆起这份曾经的感情时，我的内心是感恩的。

我现在就有些如我小说里的主人公一样，失去了爱。笛像一颗流星从我生命里滑过，然后消失了；水如一朵云也从我生命的天空飘走了……

此时躺在病床上的我，想现在的情感状态。我想爱，当我想到这儿的时候，我那受伤的右手又不住地痉挛了一下，一阵猛烈的疼痛从手背蔓延至全身。它残酷地提醒我，我是患有残疾的，而且是脑瘫这样的残疾。这时，我的眼光还瞟到黑乎乎的一个轮椅的轮廓，它残酷地告诉我，我不仅患有脑瘫这种病，还罹患了全身性肌张力障碍叠加综合征。

有时候，当人落入了绝境，出于求生本能，会有一些出乎意料的想法。比如现在我突然想要一个漂流瓶，在里面的纸上写：我是一个身患先天性脑瘫和全身性肌张力障碍叠加综合征的女子，也许我的病会越来越严重，也许……我说话不清,走路不稳,我从小生活在单亲家庭里,没有感受过多少父爱,现在我想寻一个能知我、懂我的人,能够陪我走过世界上的每一片大海……

我和妈妈有机会再去大海时,我要站在海边,把这个装有我的祈愿的瓶子扔进大海里……

当我的思绪游走到这儿,我眼里的泪又一次从眼角流了出来……

第九章

梦被震碎，如蜗牛般追梦

家没了，梦何在

我此时坐在房间窗边的一个椅子上，窗外的天空如同洒了一瓶墨水一样，整个天空都很黑。我看见对面那低矮的房子里，有人正坐在电脑前。看见此情此景，我的眼泪止不住就流了下来。

想起地震前，我也如他一样晚上躲在自己的书房里，在电脑上写着自己喜欢写的小说。

可这一切的温馨都止于 2008 年 5 月 12 日下午两点二十八分，一场只持续了两分钟的 8 级大地震把我的家毁了。等我和母亲逃往重庆待了十天回家后，我们的家成了严重危房。

我的电脑，现在已跟家里其他家具一起被搬到一个空房子里堆着，我也不知道它还能不能用。

现在地震灾区两家人住一个标间。这个标间除了一个厕所，就是两张床、一个电视柜、一个写字台、一个茶几。写字台旁边就是电视，我坐在那儿写作太吵。

我继续坐在黑暗里回想：地震那天，我是拿着我的 MP3 准备去投稿的，因为都江堰作协准备编一本都江堰本土作家的散文集。当我刚换好鞋，打开门准备下楼时，房子突然就猛烈地摇晃了起来。

在那种危难的时刻，也许是出于一种求生的本能，我立即出门，使劲拉住栏杆在摇晃中往楼下跑。我不知道那时这样的一个我能不能跑得出去。当我跑到楼梯第一个平台的时候，我突然想起我的妈妈还在家里，我又立刻在摇晃中拉着栏杆，向楼上走去。那种时候，我脑子里就只有一个信念——即使要死，我也要跟妈妈死在一块！

这些，都让我不忍去想，但我却又不能不去想，因为那场大地震把我变成了一个无家可归的人。

想起地震那天，当我在剧烈的摇晃中重新冲回家时，我看到大电视柜已经倒下来摔得粉碎，家里一片狼藉。

这时的我已无暇顾及这些，我回想起我出门前我妈正往厕所去，我又摇摇晃晃地冲进厕所，然后我和妈妈抱在了一起。这时，第二波地震又侵袭了这片土地，我们的房子又剧烈地摇晃了起来，我就和妈妈紧紧地相拥在一块。

待第二波地震稍微平息后，妈妈就冲我大声地喊道："星汐，快跑、快跑。"我已顾不得答应妈妈，就一个劲地跟妈妈从楼上拼命地往楼下跑。

待我们刚刚跑下了楼，出了院子门，才看见平日清静的小街道上已聚集了好多人。

其中我还看见一对拍婚纱照的新人，新娘那洁白的婚纱上都溅满了血……

之后因为大地震后余震不断，大家害怕原本就在地震中遭遇重创的房子会垮塌，就都有家不敢回。

想到这，我有些累了。我望着窗外的黑暗想，如果那天晚上不是我们家院子里的杨爷爷，我真不知道遭遇地震后的那一个夜晚，我们要怎么度过。

杨爷爷有一辆五座的小轿车。那天晚上，这五座的小轿车里竟坐了三家人，共七人。而这七人，全部是些老、弱、病、残。

在车上听了一夜的警车、消防车、救护车的呼叫后，我第二天就跟妈妈淋着大雨，带着所有能带走的细软，仓皇逃往成都。当我们用了九牛二虎之力挤上车逃到了成都后，依然看见成都的街道上随处凌乱地搭着地震棚，感觉我们就根本没有逃出那地震的死城。

到成都后，原本因地震没有信号的手机恢复了信号。恰好这时，我们远在重庆的表叔打电话给我们，让我们赶快逃往重庆。我坐在那椅子上想到这些深深地叹了一口气。

　　我望着窗外对面人家窗子透出来的光，又陷入了沉思。我们在重庆住了十天后才又回到了这——我妈妈单位的灾民安置点。虽然，我们现在唯一拥有的是一张床，但我们已经从那个"死"字逃离了出来……

这"烂尾楼",曾经是我的家

此时,我正坐在长途汽车里,这辆长途汽车是开往都江堰的,我今天要去都江堰领我的低保。我坐的位置是靠窗边的,此时我耳朵里塞着耳机,耳机里是那首潘美辰的《我想有个家》:"我想有个家/一个不需要华丽的地方/在我疲倦的时候/我会想到它……"当我听到这儿时,我的眼泪就流出来了……

我环顾了一下同我坐一辆车的这些人,我不知道这车上有多少人是在那一瞬间就失去了家园的,甚至有的人不仅仅失去了家园,还失去了亲人。

耳朵里的歌就那样一首连一首地唱着,过一会,车就停在了都江堰的这片土地上。当我下车踏上都江堰的这片土地时,我的心就感到了一种踏实。我匆匆地去了领低保的单位所属的地震棚,领了我的低保。

看着时间还早,我就朝我家的方向走去。当我踏上那条熟悉得不能再熟悉的归家路,曾经那顺畅的柏油路,已因在地震的时候,周遭的房子纷纷倒塌,一路都可以看见人们遗失的东西。

我怀着沉重的心情走到了我家的院子。一进院子,仿佛就像进入了一个被遗弃的烂尾楼。

一进大门,看见有两栋房子的墙壁上贴着大大的红色警示牌,警示牌上写着"危险"两个字。院子里这些房子,一个个窗户连窗框都没有了,就那样光秃秃的,仿佛它们在诉说这场大地震曾经侵袭过这儿……

我进入院子,不顾危险冲上了我曾经的"家"。现在回家根本就不需要钥匙，因为为了减少我们在地震中的损失，我们家的防盗门、铁窗防护栏都被当破铜烂铁给卖了。

现在这个房子就等着爆破了。我踏进我曾经的家，客厅、卧室、书房都空空如也，什么都没有了，我就在那空旷的屋子里走着。

突然我很伤心地站在那空旷的客厅中间，怀着一种极度绝望的心情，在那空旷的屋子里大叫："你再摇几下才好，摇垮了才好！"人处在一种极度绝望中，好像没有太多的力气，哪怕这力量是用来发泄坏情绪的。

我在那空旷的房子里吼了几声，觉得无力也无趣。大地震已经发生了，房子已经成了严重危房，而且我们家的窗和门已经被拆卸了，这些都是无法改变的了……

我怀着绝望的心情，拖着无力的身体，眷恋地走到家里每一个房间看看。我来到了我的书房，看见摆电脑的位置，那儿如其他地方一样空空如也。我又想起我在灾民点那个晚上，坐在灾民点窗口前，看见人家坐在自己的电脑前的画面。

我又来到了我自己的房间，看见自己摆床、摆梳妆台的位置。我记得，在地震前，我若有心事了，不论是伤心还是绝望，我都可以把自己的房门关上，安安静静趴在梳妆台上写我的日记。再想想我们现在住的灾民点，因为我们的那个房间里住了两家人，大家都遭遇了地震，现在都是无家可归的人。谁的心里都装着极大的悲伤和绝望，能稍微抚慰这些的就只有看电视了，所以灾民点的房间里只要有人声就有电视机声音……

我已记不清已经多久没有好好地像地震前那样，趴在一个安静的环境里写日记了。地震是灾难，但当这灾难无可避免时，它对一个写作的人却又是绝好的素材。因为我是脑瘫这样的残疾，我的痉挛使我握笔写字都费劲，我现在除了见缝插针般，看到房间里没有人，就把日记拿出来匆匆记几笔，其他也就再也无可慰藉。

想到这，带着满满绝望的眼泪又掉下来了。也许有时让人感到更绝望的并不是绝望本身，而是你根本没有时间和资格去绝望。

在我曾经的"家"里待了一会，因为还要赶灾民点的午饭，我就匆匆地离开了……

躲进厕所里记日记

这天下午，我们住的房间好不容易没有人了，我就赶紧把我的日记本拿出来。不知道是经历了大地震，还是什么缘故，这几次写日记，我觉得我的手写字仿佛比以往更没力气了，在日记本上写字也比以前更困难了。

唯一好的是现在房间里很安静。我的思绪赶着我的笔，在日记本上艰难地行走。正当我在那儿写的时候，我们的房间门突然被推开了，进来的人是妈妈。她进来习惯性地把我旁边的电视机打开，然后我耳边就传来十分嘈杂的声音。

我觉得我瞬间就无法下笔了，我给妈妈说："我要写日记，你能不能小声点？"

妈妈突然就火了，她说："写、写，你也不看看现在是什么时候，你写这个能当饭吃啊？"

我也火了，我就大声对她说："我就想写日记怎么了？"

我妈妈走过来，抓着我的日记本就往床上扔去，并对我嚷嚷道："现在都什么时候了，你还抱着你的日记不放。"说罢，妈妈就转身摔门而去。

我非常绝望地站在那儿。再怎么伤心，时间它也会一分一秒地过去。这天晚上，妈妈和另一家人都睡了，整个房间除了厕所那儿留了一盏灯，屋子里其他地方都是黑的。作为一个这么多年都以文字相伴，心里一有事就想跑到日记里去胡乱抒发一番的我，这个时候跟妈妈同睡在一张床上，辗转难眠。

此时，我想起床打开灯坐在写字台上写日记。但那样，会打扰我妈妈和其他的人。妈妈是自家人打扰也就打扰了，但我对面床上还有别人，而且是老人。如果我豁出去，又不知道会引发怎样的争吵。

此时，我心里却又非常地烦躁。因为我知道，关于地震的这些感悟、思想，如果不及时记录下来，它们就会被新的经历覆盖。到时候，我在哪儿去重新捕捉这些感悟与思想。

想到这些，我焦躁不安，却又感觉无奈和无力。我躺在床上正在那儿想要怎样解决这个问题时，我突然看到从厕所里透出来的光。

"为什么不抱着日记到厕所里写？"这个声音从我的耳边传来。于是，我赶紧悄悄地从被窝里爬起来，然后悄悄地从抽屉里拿了日记本和笔，蹑手蹑脚来到了厕所。当我把厕所门推开的时候，我瞬间就感觉沐浴在一片光里。这个厕所很小，中间是马桶，马桶一边是浴缸，一边是洗面台。

我就坐在那马桶上，把日记本翻开，身体向前探，趴在前面的洗面台上写日记。

"这两天心里不安，心境烦乱。"我摊开日记本，手里紧紧握着笔，然后就用笔在日记本上刻起来。马桶中间是空的，坐一会儿我的屁股又落在那洞里去了。所以，我写了一两排字就停下来，然后又往上坐坐，坐稳了才又趴在洗面台上写。

洗面台中间是一个很大的面盆，所以我只能把日记本放在那盆的右下角，那儿刚好能放下一个日记本。我就那样坐在马桶上写了一阵，我的手又感觉累了，我不得不硬把自己从顺畅的思绪里拉出来，然后把笔放下，坐在马桶上休息一会再写。

趴在洗面台写日记，写着写着，就会闻见从马桶里散发出来的一阵阵臭味。这时，我就只能放下笔，用手在鼻子上捏捏，以这样的方式告诉自己臭味被我驱赶走了。

　　地震后，我在灾民点住了一年零八个月，我已记不清有多少个夜晚，我都是那样把日记本摊在那狭窄的洗面台上，然后自己坐在马桶上，就那样探着身子在那儿写日记……

寒夜里，远方声音温暖陪伴

我们在这灾民点已住了半年有余了。家乡的房屋经过一番鉴定，有些人家房屋轻度受损的就回去了，在都江堰可以找到投靠的也都回去了。现在灾民点的人已少了三分之二，因此现在这间房间已完全是我和妈妈两个人的了，我现在终于又过上了自己有一张单独的床的日子。突然觉得偶尔一场巨大的灾难砸向你，也许并不是什么坏事。当你从一无所有，然后又一点一点地重新拥有，这个时候你会觉得格外幸福。

就如，虽然我现在依然还是住在灾民点里，但回想刚住进灾民点时，我跟妈妈挤在一张床上，现在跟那时相比，我的幸福指数又递增了。

我的那篇《恋乡曲》的散文在桂林一个电台发表了。我有一个习惯，当朋友把录音音频给我后，我就喜欢把它保存到手机里，然后等妈妈睡了，我就坐在安静的黑暗里听。

我先摸索着把耳机插进手机里，又打开手机里的音乐播放软件，此时耳朵里就响起了一阵优美的音乐，然后依晨姐姐用她那优美的嗓音说："接下来，由我们四川的蚁蝶，给我们带来一篇文字《恋乡曲》。"然后又是一段舒缓的音乐，然后依晨姐姐用她的声音轻柔地说："用文字和音乐记录我们生命中的各种表情……"

当我坐在黑暗里听到这时，我被地震带来的种种苦难所揪到一起的心，有那么一点点放松。每每这时，我会长长地、不由自主地松一口气。然后，我的那篇文字，就被依晨姐姐用柔美的声音念出来了。

依晨姐姐念道："有首钢琴曲叫《思乡曲》，我一直很喜欢这首曲子。它曲调悠扬柔美，给人一种温馨、温暖的感觉。直到地震以后，当我成了流浪人，我方才体会出这首乐曲里深长的意味……当一个人真正没有家的时候，才会那么深刻地渴望往日家的那种温暖，当一个人被迫背井离乡时，才会那么眷恋那么渴望那么怀念家乡的一切一切……"一个作者笔下的文字是不会离他的生活太远的。当我坐在黑暗里戴着耳机，听到自己写的文字就这样被念出来后，我的心感觉被依晨姐姐那温暖的声音抚摸，心里因地震让我无家可归的这份痛，至少在这个时候觉得不那么痛了。

然后我坐在黑暗里继续听依晨姐姐念我的文字："父母离异，自己又被迫离开心爱的学校，奶奶又去世，这些都是对我打击比较大的。我在一连串的打击下，学会了忧伤，随而在我的心里，都江堰也成了充满了或浓或淡的忧伤的城市。所以一直渴望梦想和活力的我就想要离开，离开都江堰，逃离那些或浓或淡的忧伤，去寻求我的梦……"听到自己的这些文字，就那样被念出来，我在黑暗里微微地笑。当一个人成长后，总会笑自己曾经的轻狂。"离开"这个词，被那些文人骚客无数次浓墨淡彩地描写，而充满了神秘的感觉，因此成了无数文青的向往……

现在真正离开了家乡，但此时此刻的我一点儿也不觉得幸福，反而觉得很苦涩。也只有在现在，我才那样强烈地感到我对家的向往。

我的思绪又被耳机里依晨姐姐的声音拉回了黑暗，她继续念着我的文字："我很喜欢晴天早上去爬山。当我一步一步往高处爬时，那灿烂的阳光就会毫不吝啬地铺洒下来。那阳光带着活力与朝气透过那些葱郁的树林洒在我攀登的道路上，那感觉就像我的人生之路也被那阳光照亮了一样……"当我听到这段文字，坐在黑暗里的我又仿佛回到了地震前，回到了那阳光灿烂的日子里，回到了那被阳光照耀的玉垒山上……而这样的时刻，哪怕我现在已经在地震中失去了自己的家园，哪怕我现在是住在灾民点里，我听着依晨姐姐用她柔美而甜润的声音念我的文字，我都觉得是幸福的。是的，是幸福的，至少我在此时此刻是幸福的……

人生中第一次当志愿者

此刻，我坐在公交车上，公交车悠悠缓缓地朝前行驶着。我低头看了看自己的衣服，今天特地穿了一件大红色的T恤，因为我这段时间看电视里那些从四面八方涌来的志愿者都穿着红色的衣服。

回想那天下午，我从才拿到的一本杂志上，看见我们一个文友老师描述了她在地震康复中心做志愿者的事。我在地震前才认识蕉铃老师，我恰好有她的电话。我抱着试一试的态度，给她去了电话。我怀着激动的心情给她说了我的诉求，我们俩好像一拍即合，我们就在电话里约好了我去康复中心的时间。

想到这，我坐在车上微微笑了笑。下车后，一个年轻的女志愿者把我领到了地震康复中心的一间病房里。当我刚踏进病房门的那一刻，我看见一个年纪最多只有十三岁的小女孩，很安静地坐在床上。

"喔，你来了，来你来坐在床边吧。"蕉铃老师看见我就说。说罢，她放下手里的活，并指引我在一张病床边坐下。这时我看见坐在病床上的女孩，她的右腿齐膝盖被截肢了，我瞬间就感觉到一种心痛……然后我轻轻坐在床边，女孩面带微笑望着我，我也坐在那儿有些尴尬地回报一个微笑。

这时，我看见蕉铃老师对那女孩指指我，然后又把脸转过去看着病床上的小女孩，对她严肃地说："她就是我给你说过的云星汐姐姐，我不是曾经给你们讲过她的故事嘛。"

女孩听了，脸上立刻露出了羞涩的红晕，叫了声"姐姐"。然后，我报以微笑回答她。蕉铃老师说:"你快坐在那儿跟她讲讲,你是怎么面对残疾的。"

　　我这时候坐在那儿有些愣,这个话题有些大,我一时不知道该怎样说起。我坐在那儿赶紧好好地思虑了一番,直入主题地跟那个女孩说:"其实,残疾并不是像我们想象的那么可怕。"我稍微停了一下又说,"我是一个先天性的小脑偏瘫患者,从小说不清话,走不稳路。因为这样,我从小也没少受人欺负,孩子们都骂我傻子……"我刚说了几句话,突然病房里的厕所门开了,从里面出来一辆轮椅。我看见轮椅上坐着一个跟那女孩年龄相仿的男孩。看着这男孩,一股更强烈的心痛袭击了我,他两条腿都截断了。我没在男孩的脸上看见多少绝望、悲伤的神情。他把轮椅移到床边,然后依靠双臂的力量,把自己挪上床,然后挨着那个女孩。

　　看到他们俩坐在那儿,我就开始继续我的分享。我坐在那吃力地、努力地从嘴里蹦出一个字、一个字,跟他们讲着我的故事。看他们那认真的神情,就知道他们被我感动了。这时,我听见站在我身后的一个志愿者阿姨,轻声哭泣。我在给小朋友分享故事的间隙,转身去看她,我看见她眼睛红红的,脸也红红的。再看看蕉铃老师,她的眼睛也是红的,脸上泛着红晕。

　　此情此景在我意料之中,也有点意料之外,还有点让我惊喜。这时,我悄悄地咧开了嘴,一种能帮到别人的幸福感油然而生。我在心里想,我只要给孩子们讲好我的故事就好了。

　　我听见我身后的那个志愿者阿姨说:"等一下,那个病房,还有几个因地震受伤致残的孩子,把他们都叫过来听一听。"恰好,我此时也讲得很累了,正好趁这个空隙休息一会。

　　过一会,一个年轻的女志愿者从别的房间抱来了一个八岁小女孩。当小女孩被抱到这个床上那一刻,我看见了那小女孩的微笑。那微笑,真的有点像在苦难的黑暗里闪过的一道光,这道光瞬间就照亮了我因地震失去家园而有些幽暗的心。

　　小女孩来后我又讲了一会我的故事,我第一次在病房里的分享也就结束了。那个大一点的女孩、那个男孩，还有那八岁的小姑娘就坐在病床上，很随意地在那儿玩。而我，此时就站在病床边上看着他们玩。看着他们的残肢，我心里就会涌起一阵阵的心痛。那个时候，我也怨，怨老天对这些孩子太过残忍。

"杨洋，姐姐自己也身患残疾，姐姐的家在地震中也没有了，但她还拖着残疾的身体坐了两个多小时的车，来到地震康复中心给你们分享了她的故事。"蕉铃阿姨突然对那八岁的孩子说道。

那孩子并没有拒绝或不好意思，她把自己的身体坐端正了，然后面带羞涩的红润对我们大家说："那我就给你们唱一首《感恩的心》吧！"她说完这句话时，整个病房就安静下来了。然后她就双手一边比，一边开始为我们唱："我来自偶然 / 像一颗尘土 / 有谁看出我的脆弱 ……天地虽宽 / 这条路却难走 / 我看遍这人间坎坷辛苦……"这首《感恩的心》，在地震后我不知道听了多少遍。怀着感恩的心听，听得最多的也是感恩。唯有此时此刻，一听到这首歌，我的眼泪就止不住地流下来了……

当一个人被爱的温暖包裹着的时候，时间总是溜得很快。此时，我已结束了人生的第一次志愿服务，坐在返程的公交车上了。车窗外的景物，一一从我眼前闪过。我静静地坐在那儿，耳边却依然回荡着那八岁小女孩的歌声，她唱歌的样子就那样活灵活现地浮现在我的眼前。

在地震中受伤致残的这些孩子，无疑用他们的实际行动给了我一种震撼。在震撼之余，我也很感慨，地震康复中心的这些孩子们，他们和我同样经历了举世震惊的"5·12"大地震，我整天都在为自己失去了家园痛苦、悲伤，而这些孩子在这场大地震中失去的不仅仅是自己的家园和亲人，他们失去的还有自己曾经健全的身体。一场地震让他们从健全到残缺，这是何等残酷。我瞬间觉得，我的痛苦跟他们相比其实不算什么。当我这样想时，心里的痛苦瞬间就淡化了很多……

为自己寻得安静写作空间

这天晚上，我刚吃了饭在我们的灾民点里转悠。

"小女子，你吃饭没有？你就在这儿晃。"灾民点管理层的雍叔叔对我说。

"我吃了。"我回答他说。问我话的人又转身继续朝他的办公室走去。

这个时候，我突然灵机一动跟着他跑了几步。我嘴里喊："雍叔叔，等一等。"

雍叔叔听见也停下了脚步："什么事呢？"雍叔叔是我住进灾民点以来最爱招呼我的，而且招呼我的神情都是和蔼可亲的，给人感觉非常亲切。

当雍叔叔停下等我回答后，我一时间又愣在那儿了，但我此时却听见一个很强烈的声音在朝我喊道："你说啊，你说啊，地震这么久你经历了多少，你心里积压了多少苦闷，这些苦都是你写作的源泉。但你现在写字比以往还困难，没有电脑的话你根本就无法完成一篇完整的文章。"

被这个声音逼迫着，我厚着脸皮跟雍叔叔说："雍叔叔，你可不可以把你办公室的电脑在你不用的时候借给我用用？"

我听见雍叔叔问我："你用我的电脑想干吗呢？"

我想我这样也许是显得有些唐突，于是我把自己的心沉了沉，我对雍叔叔说："雍叔叔，是这样的，在地震前，我非常喜欢写作，但是我因为是脑瘫这样的残疾，我的手无法顺畅地握笔写字。我想……"我说到这无法说下去了，但是对写作那种出于本能的强烈渴望让我有点不管不顾了。

这时，雍叔叔很认真地盯着我，仿佛在等我回答。

"我可不可以借你的电脑写文章？"

"什么，你说你还要写作啊？"雍叔叔原本一脸有爱的表情，被一脸的惊讶代替。

"嗯，我在 2006 年的时候，就因写作被《天府早报》报道过，雍叔叔有空的时候可以去查。"在关键的时候我又把曾经那些"辉煌"拿出来了。有什么办法啊，人们就信这个。

"哦，小女子，你曾经还被报道过啊？"

我听了这话，心里觉得一阵窃喜，我觉得有希望，就顺势说："是啊，我还发表过文章呢！"经过我的一番缠磨，雍叔叔终于答应，在他不用电脑时，我可以去用他的电脑。

这天下午，我吃过午饭在寝室里小眠了一会，就下楼去了。雍叔叔的办公室正好就在我们住的楼下。我下楼后，穿过一个小花园然后就来到了雍叔叔的办公室。这是一间并不宽敞的办公室。

办公室靠窗的位置摆了个办公桌，桌上放着电脑。这个时候，我看到眼前的这台电脑有些欣喜的冲动。我都好久、好久没有像现在这样近距离地接触电脑了。我赶快把电脑的主机打开，显示器在我的眼前亮了起来。那一瞬间，我就觉得我的梦，又被一种光给重新点亮了一样……

我都好久、好久没有像现在这样坐在电脑前打字了。这个办公室对我而言是陌生的，我觉得我整个人还没法在这种陌生的环境中舒展开。

我有些胆怯地在电脑的 F 盘里建了一个新建文件夹和一个 Word 文档，然后我把键盘拉得贴近我的胸口，我敲着键盘随着我的思绪打出了几个字。当屏幕上随着我的思绪出现了一个个字时，我突然觉得很兴奋，也觉得很幸福。

此时的感觉，就像一个被丢失了很久的东西，又失而复得了一样。雍叔叔的办公桌上刚好有一对儿音箱，我就下了一个音乐软件在电脑里。然后搜索到我喜欢的音乐，我就那样一边放着我想听的音乐，一边任由手指跟着脑海里的思绪在键盘上舞蹈……

远方来的志愿者

这天,我正在灾民点晃悠,就接到都江堰残联的杨哥打来的电话,说一个来自上海的志愿者到都江堰来支援救灾,他的帮扶对象是残障人士。因为我的优秀,杨哥特地向他推荐了我……

之后,这个志愿者就跟我联系了。那天下午,这个志愿者就开着一辆汽车来到了我所在的灾民点。这种汽车一看就有些豪华。这辆车一看就是来抗震救灾的,因为这车的两面都被红色的横幅包裹着,一面横幅写着"抗震救灾,众志成城",另一面写着"川沪一家亲"。最让我惊讶和感动的是,他的那辆车上还有一面鲜艳的国旗。当我看到他车上那面国旗,我觉得特别有力量,而且这种力量是从心里透出来的。

当一辆这样的车出现在我的跟前时,说实话我还是感觉挺震撼的。当时,被"无家可归"这四个字紧紧包裹着的我,看到这上面的字,体内的激情瞬间就被这种感动给激发了。

之后我和妈妈就领着这位志愿者哥哥来到了我们的房间。我们各自坐在自己的床上,那位哥哥顺手就把梳妆台下面的凳子搬出来坐了。我们三个人就那样面对面地坐着。

"小张(章),从哪里来啊?"

"阿姨,我从上海来。我从上海到了都江堰,然后我通过杨茂斌老师跟你家云星汐联系上的。"

"喔。"妈妈听了点点头。

一阵寒暄之后，章哥半开玩笑地对我说："星汐，我姓章，是文章的章，而不是弓长张。"

也许是因为脑瘫，我从小到大受尽了别人的歧视、侮辱、诋毁，当别人当面揭穿我时，我总是不好受。也许是章哥觉察到了我的不对劲，我和他这时候都沉默了。

"小章，你是上海哪里的？"这时，妈妈突然开口了。

章哥说："我是上海浦东的。"

"喔，上海浦东的啊，那儿可是才开发的新区啊，你们上海发展好快的。小章是做什么工作的？"妈妈继续问。

此时，我却看见章哥脸上刚刚略带激情的神色暗淡了下来："我原本是做生意的，但是也许是人太年轻了，总是梦想很丰满，现实很骨感。我投了很多钱，但是因为经验不足，最后我失败了。我亏得血本无归……"章哥说到这停了一会，他的脸色更暗淡了。然后他又接着说："生意刚亏的那会，我就想去跳楼。但是我看着我熟睡的妻子，再想想我的父母，我放不下他们。"章哥的故事有些惨，但这是我们没有听过的故事。我和妈妈都没有开口打断他。

他一直用眼睛盯着我，看我们的反应。

"我还去过以色列，在那闯荡时还被人用枪顶着脑袋。那个时候，我也差一点就活不成了。"当章哥在我们的房间里给我们讲述这些离奇的故事时，我觉得有那么一点点不真实。

正当我处在似梦非梦的境况中发呆时，我突然听见章哥问我："星汐，你有什么困难吗？你有什么梦想吗？"

我本以为是很正常的聊天，章哥一问我，我就想到我现在用手写日记是越来越困难。虽然我已经跟灾民点的雍叔叔说了，他也同意了我可以在他不用电脑的时候去用他的电脑，但那毕竟是别人的电脑，用得很不自由。于是我也没有多想就说："我现在最大的梦想就是拥有一台笔记本电脑。因为我的手写字非常不方便，没有电脑我就无法正常地写作。"

这话我真的就当对梦想的祈求跟章哥说了,然后章哥听了也没有说什么。他接着对我说:"星汐,章哥还没有吃饭。这马上也快到下午饭点了,你想吃什么?"

我也真不客气,就说:"我其他的也不想,我就想吃一碗汤圆。"现在住在灾民点,一日三餐都由灾民点的食堂供给。在食这件事上,从地震发生的那一刻我们就失去了选择权。我已经好久都没有吃过汤圆了。虽然这东西在食物中是很平常的,但这东西对现在的我来讲,已成了一种奢侈品。

章哥听到我的诉求就笑了,他一口答应说:"好,哥哥带你去吃汤圆。"

当我们来到楼梯口的时候,章哥特地把我和妈妈引到他的车子面前,又指着他车上的那两面横幅,然后像喊口号一样对我们说:"抗震救灾,众志成城。虽然你们的家现在没有了,但不要担心,有哥哥这些人,我们会陪着你们一起渡过难关的。"

然后他又指着另一面横幅对我们说:"'川沪一家亲',所以我们是一家人。"

这个时候,我觉得我被一种前所未有的温暖包裹着,这股暖融融的感觉是从我内心深处散发出来的……

像蜗牛样，一步一步向梦想爬

这天我吃了晚饭，就在灾民点的院子里转悠。我的耳朵里和往日一样塞着耳机，耳机里是周杰伦的那首《蜗牛》。"该不该搁下重重的壳／寻找到底哪里有蓝天"，当歌唱到这的时候，我抬头看了看头顶上的天空。有人说，时间是淡化伤痛最好的良药，一晃眼地震已过去几个月了。

这天，在我的生命历程里又将是值得纪念的一天，因为我意外地收到了一个包裹，包裹里装的是一台崭新的 10 英寸笔记本电脑。当我刚收到这个电脑时，我真的是太惊喜了，是梦想成真的惊喜。这种惊喜对处在遭遇地震后无家可归的我来说无比珍贵。当我打开包裹，一台白色的、崭新的笔记本电脑展现在我的眼前时，那种惊喜给我带来的幸福感，就如一个携了满满幸福的海浪，猛烈地朝我击打过来。

这台笔记本电脑不用猜，我就知道是上海的章哥给我寄来的。我清楚地记得，那天正当我下楼吃饭的时候，我就接到了章哥给我打来的电话，简短几句寒暄后，他就在电话里问我要犀浦园的地址。我当时问他要地址干吗，他只简单地跟我说什么登记要用，没多想我就给他了。

没想到几天后，我就收到了这台笔记本电脑。收到电脑后，我赶紧给章哥打了一个电话过去。我跟章哥说："章哥，你寄给我的礼物我收到了，这礼物对我而言真的是太贵重了，我怎么好意思收啊？"

章哥在电话那头轻声地对我说："星汐，这没什么。那天，我在灾民点看你的时候，我深深地被你感动了。你说你写作缺一台笔记本电脑，而哥哥也恰好有这样一台笔记本电脑，所以哥哥就寄给你了。只要能助你去接近你的写作梦，我就已经很开心了……"

挂掉电话后，我的眼睛就不由自主地望向那写字台。写字台上正放着我那台白色的崭新的笔记本电脑，此时我感觉我激动得手都有些颤抖了。我打开了那台笔记本电脑，电脑的屏幕和键盘都展现在我的面前。

然后我很郑重地在它的跟前坐下，当我看见电脑屏幕亮起的那一刻，我体内的兴奋又被调动起来了。当我试着让自己的手指在键盘上敲打时，一种满足的、幸福的快感油然而生。

吃了饭，我又在院子里走。曾经多少次我在这院子里走是因为我要消解地震带给我的深深的痛。而此时，我心里不仅仅装着地震的痛，还有章哥给我这份巨大的惊喜以及它带来的巨大的温暖和感动。

我有时有一个怪癖，听见与我当时心境差不多的歌，我就喜欢把它的播放模式调至"单曲循环"。我的耳朵里周杰伦唱着："我该不该搁下重重的壳/寻找到底哪里有蓝天/随着轻轻的风轻轻地飘/历经的伤都不感觉疼。"这些歌词就像触碰了我的哪根神经一样，我也在那想，地震已经过去几个月了，我是不是应该如这首歌唱的一样，是时候该试着放下因地震给我带来的这份沉重了，然后我要重新去寻找我心中梦想的蓝天。

这时，我又想到了前段时间去地震康复中心，在那儿看见的那些地震中受伤的孩子，他们在这次的地震中受了那么大的伤害，都可以那么欢乐、阳光地活着。我为什么就不可以试着让自己从地震这个灾难中走出来？

耳朵里继续回旋着："小小的天有大大的梦想/我有属于我的天/任风吹干流过的泪和汗/总有一天我有属于我的天……"当听到这时，我觉得心里的感动更加深了一层，而随后，我感觉到内心有新的能量注入。这时候，我深深地从心里叹了一口气，在心里想："我要让自己重新振作起来，继续朝我的写作梦努力奋斗。唯有这样，才会不辜负所有我得到的爱……"就像这首《蜗牛》最后唱的一样："小小的天有大大的梦想 / 我有属于我的天 / 任风吹干流过的泪和汗 / 总有一天我有属于我的天……"

第十章

黑暗的深渊洒进一束光

内心彻底塌陷

在灾民点住了一年零八个月和在外租房住了八个月后,我们终于回家了。因地震造成的流浪史,也就结束了。当我刚回都江堰还住在出租屋时,同是残疾朋友的王丹和龚莹就告诉我说,北京有个志愿者叫张大诺,原是《国际先驱导报》的记者,现在他正招募有志、有故事的残障人士写书。而我,很幸运地成了他的学生。

有人说,压倒骆驼只需要一根稻草即可。回家没多久,我因走路越发吃力,就背着家人看了医生。医生残酷地告诉我,因小脑神经已开始萎缩,我的后半生也许只能在轮椅上度过了。除了梦想当一名作家,我另一个梦想就是希望能够行走在路上……那一刻,我这辈子所有的痛苦和绝望吞噬了我。伤心绝望哭泣后,无数次有轻生的念头产生,但唯有这一次,我没有抵制住内心巨大的痛苦和绝望,让轻生这件事实实在在地在我身上发生了……

回想起那晚我干了傻事后,我仿佛看到了生命的流逝。我绝望地嚎啕大哭,我的哭声引来了妈妈。

"你到底想干什么?"妈妈知道我干了这件事后,极其厌烦地对我吼道。脸上瞬间就显出惊慌失措的表情,三魂吓得没有两魂了。她一边绝望地骂我,一边上前阻止我。

然后,她绝望地帮我做好了这一切后,就关上了房门。

活,好像已经走到了尽头,没有出路;死,又确实没有足够的勇气。当我实实在在轻生时,我却又那样真真实实地感到生命在消逝。突然之间,我觉得我对自己太过残忍,我在绝望和不舍中纠结、痛苦……

我那晚怀着一种前所未有的绝望在黑暗中度过了一夜。清晨六点,当我躺在绝望里,大诺老师的电话又打来了。

"星汐,说说吧,你今天的心情怎么样?"当我听到老师那充满磁性的声音后,我真的就再也忍不住了,我抱着电话大哭起来。因为在此之前,他已经辛辛苦苦给我做了大半年的心理关怀。

听到我的哭声,老师很焦急地在电话那头问我:"怎么了,你遇到了什么事了?"

老师的问候更是如猛烈的海浪冲垮了堤坝,这一刻,更大的绝望和更大的伤感袭击了我。我躺在床上,我的眼泪一个劲地从两个眼角往下流……当一个人真正被一种深深的绝望裹挟了,他都说不清、道不明到底是什么把他推到这种绝望的境地里来的。

老师在电话那头说:"说说你是怎么想的?"

这个时候,天已经亮了,我听见妈妈从外面开锁的声音。她听见我在跟大诺老师打电话,对我严厉地说:"你好好跟你的大诺老师说说,你昨晚干的好事!"妈妈语气中曾经含有的母爱的味道没有了。这一刻,她就如一个寒冷的木头对我说出这句话。

之后,等妈妈离开后,原本很无力的我,很简短地跟老师描述了我轻生的过程。

老师没有多说什么,只是对我说:"星汐,你先起床,吃了饭,老师一会再找你。"

这个时候,我哪儿有心思吃饭。被绝望紧紧裹挟的我在简单洗漱后,又接到大诺老师从北京打来的电话。当我刚接起电话的那一刻,我听见我家的门,嘭一声关掉了。从昨晚到今早,妈妈除了对我进行必需的照顾和护理,没有对我多说一句话,甚至是一个多余的字都没有。

此时,家里又只剩下了一个我,原本就空旷的房子现在显得更空了。我抱着电话，流着绝望的泪水跟老师说："我不是不想坚强，而是我真的已经坚持不下去了。我真的不是懦夫，我是真的无法接受我的后半辈子都要在轮椅上度过，我接受不了……"说到这，极大的悲伤和极度的绝望让我已经说不下去了。这一刻，我沉默了，期待老师能在这个时候在电话那头给我一点安慰，只要一点点宽慰即可。

没想到老师在电话那头对我说："你口口声声跟我说你不是懦弱的，你不是懦夫！我看你就是懦夫！"过后老师的电话那头好像又没有声音了，我在那时，已经被深深的绝望给包裹了，我已经无力，也无暇去反驳老师，我找不到一句话，一个词，甚至是一个字去反驳老师。然后我又听老师说："你是我见过的最脆弱、最懦弱的人。你就是懦夫一个！"老师在电话那头像爆豆子一样对我说着这句话。之后，我和老师还在电话里做了很多争辩，但更多的争辩，仿佛只能引起老师更大的失望……

跌进了绝望的沼泽

我终于到我爸爸的店里去了,我到了店里爸爸都没有理我。虽然,我的爸爸在我成长的二十多年里都没有管过我多少,但我的生命毕竟是他给的。他可能已经知道了我干了傻事的事情。昨天,在大诺老师跟我打电话时,妈妈出去的那一会,可能就是去跟爸爸说了这件事。

我因为干了傻事而不好意思说话,一进店就埋头整理着东西。

"星汐啊,你这是在干什么啊?昨天,你妈妈哭着来找我,说你居然想到轻生。"我听爸爸一说,心里的绝望又像被重新揭开了,眼泪瞬间就出来了。

爸爸的话还在我耳边继续:"你有什么想不通的,是什么让你走到了这个地步?"当爸爸的这句话钻到我耳朵里的时候,我心里突然有个声音对我吼道:"我也想知道,我自己怎么会走到这个地步,但是我不知道,我不知道。"

以我那样糟糕的状态,我根本无法再在爸爸那儿上班了。我那天从爸爸的店里回到家后,我就接到了老师的电话,老师在电话那头对我说:"星汐,从现在开始我们就不说写作这个事了,我们暂时把写书的事放下。"

我在电话里委屈地对老师的提议提出了异议,我还想继续写书。老师却在电话那头对我严厉地说:"一个人,如果连生命都没有了,那他写书出来还有什么意思?"

就那样,之前一直写得还算顺畅的我,就被老师强制停止了写作。

这天晚上,我坐在自己的书房里,突然被老师叫停继续创作我写我与奶奶的书，我的心里空空荡荡的。我曾经最最瞧不起轻易就自杀的人，而此时我想到昨晚决意赴死的我，却真真实实扮演了一回自己最瞧不起的那个角色。我现在对自己又绝望，又失望，对自己憎恨到极致，又心疼自己到极致。

我坐在那儿仔细地回忆我产生轻生念头的前后。直到现在，我还觉得我就是已经被逼到了命运的死角，才产生了这一想法。

我从小先天性脑瘫，十二岁父母离异，我在单亲家庭过了十五年，然后我至亲的奶奶去世，我还遭遇地震，这些我都挣扎着走过来了。但医生却在这个时候告诉我，后半辈子只能在轮椅上度过余生。这样，我才逼不得已掉进了这个轻生的坑里。

也记不清，我在哪儿听了这样一句歌词："我输了自己，也输了全部。"当这句话跑到我的耳朵里的时候，绝望的我坐在那儿笑笑，也只有我自己知道，这笑其实比哭还痛，比哭还苦涩……

就那样愣愣地坐在那儿也没用，我就打开电脑。当电脑里那轻音乐放出来后，我的泪水就止不住地流了下来。

我打开一个空白的文档，开始了我今天的日记："谁能拯救我，大诺哥吗？龚莹？还是王丹？我觉得我现在这样没人能拯救我了，我的自杀不是因为任何人，是因为厌倦了，所以想放弃了。这么多年，感觉一直被一种沉重给压着，这沉重来自外界？不是。来自自身，还是来自这个扭曲的家庭？"

我一遍一遍地聆听蒙古语的《鸿雁》。那天在W老师的博客里听到这首歌，就被它深深地吸引了。它有一种空灵、遥远、宁静的感觉，听到这首歌，让人想到的是草原、大海，还有我最思念的奶奶……

我最近，特别是我干了傻事的这两天，我常常能听见，奶奶对我那种最深切而又疼痛的呼唤。奶奶虽然已经去世了那么多年，我却始终感觉她跟我是有感应的。

就如最初我接触龚莹，看到她那样绝望，我就想去帮助她，把她从阴影里强硬地带出来。现在，我对苟风铃也是这样。

到今天，我才恍然大悟，人与人是不存在谁把谁带出来的。

就如我目前的这种状态，谁又能来帮我呢？谁又能带我走出这片沼泽？即使我跟龚莹和传红姐姐都说了，她们表示理解，表示陪我走，但谁又能真正地陪着我走出来呢？我只能靠自己的力量走出我遭遇的这片沼泽。

轻生会到地狱，奶奶却在天堂

原以为我的轻生行为已经令大诺老师对我很失望了，他不会再愿意理我了。不承想，第二天清晨大概六点刚过的样子，大诺老师如期给我打了电话。当我接到大诺老师的电话的那一刻，我那颗被绝望包裹得严严实实的心，像透进了一丝丝希望的光。就如别人说的那样，像抓住了一根救命稻草……

"星汐，说说吧，你今天又玩什么新花样了？"老师的语气听起来有那么一丝丝不屑。

我很老实地跟老师说："没有。"

老师在电话那头想要确定一下似的问我："你不玩了？"

我在电话这头"嗯"了一声。

老师转为平常的温和语气，但那温和里还透着一丝丝严肃。老师在电话那头不急不慢地说："星汐，你跟我说说，你为什么要那样做？"

当老师问我，那种如黑云灰暗般绝望的心理瞬间就朝我袭来。"活着太沉重，我接受不了，我以后都要坐在轮椅上。如果是这样，我还不如去死。如果我死了的话，我就可以去天堂找我奶奶了。"我伤心绝望，却又觉得可以理直气壮这样说。

老师在电话那头说："如果你那天真的踏上那条绝路的话，我百分之百肯定，你是见不到你奶奶的。"

我躺在床上，听着大诺老师这样对我说。我瞬间觉得，我被抛向了更深的一层绝望。我这次那么决绝地去赴死，除了来自生活的压力、我天生的残疾和我那扭曲的家庭、我的辍学和地震，还有一个最主要的原因就是，自从我亲爱的奶奶离开我，我就一直很想念她。既然我在人间已然没有了活路，我还不如就去找她。我如果死了，我就能上天堂去追寻我奶奶了。

此刻，我最信赖的大诺老师却那么决绝地、那么肯定地对我说，我如果这样死了，我是进不了天堂的。这样即使我拼尽全力赴死，也见不到我亲爱的奶奶。想到这一层，新的绝望如海浪一样朝我打来。

突然我心里又出现了一大片茫然。活，已觉得没了出路，即使我死了我也见不到我的奶奶，那这份对死的勇气，又算什么？此刻，我不愿相信老师说的话。

不是听很多人都说过，人死了，好人会上天堂，而坏人会下地狱。我这辈子没有做过伤天害理的事情，我死了，应该可以上天堂的吧？我眼里含着未干的泪水，有些理直气壮地对老师说："人都说只要一个好人死了，那这个人是可以上天堂的。"

也不知道老师是不是被我气到了，电话那头他又对我说道："星汐，你听老师跟你说，你奶奶是一个那么好的人，她死后，她的灵魂会到天堂去。而你——"

老师说到这时，稍微沉默了一下，他好像要通过沉默来强调什么似的。片刻后老师又对我说："虽然是自杀，但也是杀了人（自己），很有可能下地狱，见阎王爷，这样你是永远见不到天上的奶奶的。"老师的这句话，犹如一个铁锤，打到我的心上。之后，我就感觉我的心一片一片地碎掉了，一种前所未有的痛袭击了我。

我的眼泪像两条小溪一样流了出来。一个多小时，我和老师交流完以后，老师在挂掉电话之前很认真地对我说："老师今天给你说的话，你好好地想一想。"

那一刻我好像一点点动的力气都没有了。我极度无力地躺在那，望着窗外那泛白的光想到："自从奶奶死的那一刻，我就知道我的奶奶在天堂。我一直期盼着,哪天我自己死了能去天堂找奶奶,然后跟我的奶奶再续前缘,这是我极力赴死的一点点安慰。现在老师却告诉我,我如果自杀死了,自杀是最大的罪孽,是杀了自己,很有可能下地狱,见阎王爷,是永远见不到天上的奶奶的。"想到这儿,我觉得有一点点累了。我好像什么都可以接受,但是我唯一不能接受的就是——我死后上不了天堂,见不到我的奶奶。

这是我无论如何不能接受的,这与所有的绝望还有痛苦加在一块的总和相比,更不能让我接受。

想到这,我突然感到了一种后怕。我想,我幸好没有自杀成功,不然的话,我就只能因罪孽深重下地狱了……

如果你妈妈看见你的遗体

这天,大诺老师又给我打电话来了,而我的心情还是那么沉重。虽说心里依旧被沉甸甸的绝望给压着,但有一点我是敢确定的,就是我离那个"死"字是已经有一定距离了。当大诺老师那句:"虽然是自杀,但也是杀了人(自己),很有可能下地狱,见阎王爷,这样你是永远见不到天上的奶奶的。"就这句话,大大地削减了我赴死的决心。

不敢死,也不甘死。我对死的芥蒂,只是不敢与不甘而已。我听见大诺老师用轻柔的声音对我说:"星汐,你想想,你好好地想想,如果你那天真的自杀成功了。你现在已经死了,当你妈妈看见你的遗体以后……"

我一听,就觉得老师说这话非常残忍,我的眼泪瞬间就出来了。有那么一瞬间,我不忍去直面这个问题。但老师的声音还在电话那头继续:"星汐,你好好想想,想得越真实越好。"然后,老师就习惯性地把电话撂到一边。随后,我也把电话放到一边。

然后我尽力清空自己所有的思绪,我去想:我那天赴死的时候,并没有一丝丝不舍与不甘,也对死没有任何的胆怯。我就那样,一狠心就走上了绝路,然后我死了。我的妈妈,在一个大清早,一开门就看见我全无呼吸地躺在那。那一刻,我妈妈会很烦,然后以为我还有一丝丝活的希望,就打电话让爸爸或者别的什么人赶紧把我送往医院。当我经过一番抢救,医生仍然宣布我的死亡的时候,我的妈妈会真的绝望的。特别是当她一个人在家再也找不到我的影子时,又会有怎样的绝望袭击她?

"不，不，这太过残忍了。"我在心里绝望地喊叫道。

随后，我在心里想："是谁，是谁让这一绝望的事情发生了的？这太残忍了。"

然后，我心里另一个声音在说："这残忍的一切都是你造成的！都是你造成的这一切！"

正在这个时候，大诺老师就在电话里叫："星汐，星汐。"我才止住悲伤。

大诺老师在电话那头问我："怎么样？"

我流着眼泪，语气也有些激动地说："老师，这太残忍了。"

当我这样跟老师说的时候，老师跟我说："嗯，不错，再继续地想想。你把那个画面想得越真实越好。"然后，老师电话那头又没有声音了。

我此时突然明白老师其实是给了我一条思维的线。顺着这条线，我突然想到我轻生的第二天，龚莹给我打电话关心我的境况，我们在电话里聊起了我的轻生。

龚莹在电话那头，声音有些哽咽地问我："你在做那件事的时候，你有没有想过阿姨？你家就你和阿姨两个人，如果你走了。你让阿姨一个人在这世界上要怎么活啊？"

我妈妈，她有五姊妹。但她因为生在特殊的家庭，她们姊妹一年聚到一起的次数不超过五次。她们常常说，妈妈性格孤僻，又养了一个这样的我，最后说不定会孤独终老。我很不喜欢她们这样说我的妈妈。为了不让我的妈妈孤独终老，我努力活着，真的是努力活着。

但如果我哪天一不坚强，我没有坚持住，那她们的预言不就成真了吗？当我想到这，一种前所未有的害怕袭击了我。

"不，我不要死，我要好好活着。即使我的身体状况真的会如医生说的那样——全身瘫痪，那我对我妈妈至少也是一种陪伴，是一种相依为命的陪伴。"

就如那天龚莹和我在电话里讨论的一样。龚莹说："也许我们的妈妈照顾我们是很累的，但是我们的存在对她们也是一种依靠啊。"

当想到龚莹的这句话的时候,我突然想起,我刚干了轻生这件事后没几天的一个中午,我和妈妈坐在那儿吃饭,我们就不小心触及了我的轻生问题。

妈妈眼里含满了泪,一脸严肃地对我说:"如果你哪天非要走上那条绝路,那我也没有办法。你死后,我不会一个人住在这个房子里,因为这个房子里的每一个角落都充满了你的影子,我会把这个房子卖掉。"妈妈说完这句话,眼泪就像断了线的珠子一样,一颗连着一颗落下来。

在那一刻,我真的觉得自己很不孝,我因自己的痛苦、绝望,也把妈妈拉到这绝望和痛苦里来了。

我赶紧抓起电话,有些焦急地叫:"老师,老师!"

老师第一时间在电话那头回了我。他问:"怎么样?"

我有些坚决地对老师说:"老师,我绝对不会去自杀了,我要活着,我要好好地活着,陪着我妈妈老去……"

然后我听见老师在电话那头说:"嗯,不错。今天咱们先到这,明天我们继续……"

当电话挂掉的那一刻,我突然觉得积压在心里的沉重有所减轻……

活下去的五个理由

转眼,大诺老师对我已经进行了一个多月的心理关怀了。这天早上大诺老师又如期给我打来了电话,大诺老师在电话那头用他一贯轻柔的声音对我说:"星汐,今天老师对你的心理关怀想更进一层。"

我现在对老师的心理关怀都有一点点期盼,与此同时我的内心有一点小惊喜,因为我从老师那儿学到了心理关怀,我就可以度己度人……

想到这儿我沉了一口气,对老师说:"好,我愿意在老师的带领下去渡过这个难关。"

之后,我就听见老师说:"好,从今天开始老师将对你进行系统的心理关怀。"然后老师在电话那头少许沉默后,问:"星汐,老师给你二十分钟,你好好想想,你到底为什么想到轻生,使你走向这条路的最根本的原因是什么?你好好想想。"

我听到这个问题,我就想开口:"我想轻生的原因是……"

但我的话被老师用轻柔的声音打断了:"星汐,不急。老师给你二十分钟就是让你好好想想,你不着急……"说完,老师放下电话,电话那头不再有声响。大诺老师好像在用他的这种方式,逼我去认真对待这个问题。

而我,也放下电话,我躺在床上深深地叹了一口气。二十分钟的时间,一瞬间就过去了。当我还沉浸在这个问题中,正进行一种深度思考时,我就听见老师在电话那头唤我的名字:"星汐、星汐……"

我拿起电话应了老师一声。老师在电话那头说:"说说吧,你想轻生最根本的原因是什么？"

我拿起电话，那天想轻生的那些委屈、那些害怕好像又重新聚集到了我的心里，我眼里含着泪，然后用有些哽咽的声音对老师说："我家，就我妈妈一个人，以后如果我真的完全瘫痪在床，我妈妈根本就照顾不了我。我不知道我以后该怎么办？"

老师在电话那头沉吟了一下，说："好，那你现在就仔细想一下，就算病情真的恶化到全身瘫痪，依然能让你活下去的五个理由。"老师说完，电话那头好像又没有声音了。

现在虽然已经进入初冬的时节，但今天的天气很好，阳光暖洋洋地照耀着大地。此时，我把电脑椅移开了桌面，然后把椅子转向离窗台近的地方，我就那样让自己迎着有光的地方坐着，然后微闭着眼睛，沐浴在冬日暖阳里，去思考这个问题。

我思考了一下，睁开了眼睛，然后重新把自己移到电脑边。然后，我在电脑里建了一个空白的文档，在文档中间写上"就算病情极度恶化活下去的五个理由"。

说实话，这个时候想让我列这个真的是有些艰难，我就是已经找不到能够继续活下去的理由，我才选择了这条路。但是我现在毕竟已经在大诺老师日复一日的心理关怀下，离那种极端绝望的状态很远了。

既然不能死，那就活着，活着总要有活下去的理由。我一边这样想，一边在电脑里打下：

一、母亲。母亲为了我牺牲了一生，有人曾毫不留情地预言母亲会孤独终老。当我在电脑里打下这几个字时，我在心里想，是的，我要活下去，我无论如何都不能去选择轻生，不能，千万千万不能让母亲落在"孤独终老"这几个字里……

二、学业。大学是我这一辈子的梦想，我现在好不容易在众多的关爱下圆了大学梦，无论如何我不会放弃。是的，我似乎已经忘记了，2010年春天，宋姐姐在知道了我的情况后，她推荐我去中国电视大学成都市残疾人学院读社会工作专业，我现在才圆了大学梦，我怎么能半途而废？

三、书稿。奶奶是这个世间最爱我、最理解我的人，她好不容易将我带大，无论如何我一定要在大诺老师的指导下，完成关于她的书稿，并看着出版。这样以后逝去才有机会去天堂看奶奶。当我写到这时，我的内心像被揪着一样疼。现在关于我奶奶的这部书稿，已创作到四万字了，我怎么能一时冲动就被绝望和悲伤给俘虏了，然后就去踏上绝路？我写这部书，不就是想向世人宣告，我奶奶留下这样一个我是正确的吗？

四、证明。我也许哪天会因病情的极度恶化而消失，但是我要活着，要给那些对脑瘫孩子有误解的人证明，脑瘫孩子是有用的。如果我自杀，这样只会让误解衍生和被证实。那奶奶二十多年，妈妈这么多年对我的辛苦抚育也就白搭了，我自己从小到大受的屈辱，所做的努力也白搭了。

五、报答关爱。我因为残疾和遭遇的苦难，受了太多陌生人的关爱。我是个懂爱的人，至少我要尽我自己的所能，去报答给过我关爱的人。假如病情极度恶化，就算我以后什么也不能做了，我在困境中坚持活下去，也是一种报答。

在列完这种种后，我突然觉得豁然开朗。我抓起电话对老师说："老师，你放心。我一定要活下去，我一定要好好地活着！"

我听到老师在电话那头说："嗯，不错。明天继续……"

为自己重新插上隐形的翅膀

和老师通了电话以后的第二天,这天上午我又习惯性地坐在了电脑前。现在我处于这种萎靡不振的状态,就是要我写稿子,我也是写不出来的。那处在这种状态的我,又能干什么呢?当我那天在大诺老师的引领下,郑重地写下,就算自己的病情极度恶化也要活下去的五个理由,我就知道自己已经不会再轻易地去接近"轻生"这两个字了。当我在 Word 里写下这五个理由时,就有一种潜在的力量,把我从这两个字的附近拉开了。

既然决定活下去,我就想给自己注入新希望的血液。在这种潜在的微薄的能量的驱使之下,我打开网页,然后在百度栏里输入了"轮椅"两个字,其实这个时候,我的心很痛、很痛。然后我点击"搜索"。

我也说不清楚,这是不是冥冥之中的一种天意,也许连老天爷都助我这个极度渴望重生的人。我居然就在这无意的搜索中,搜索到一部叫《轮椅》的电影。电影里讲述的是一个酷爱运动的女子,一次她在崖上练习跳水时,跳下去伤了颈椎。从此,热爱运动的她就不得不被命运绑在轮椅上,而这个女子也经历过最初的绝望,然后逐渐能够接受轮椅,后来她甚至用嘴叼着笔作画,最后成了一个画家。

当我看完这部电影时,我的思绪久久地停在我那"就算自己的病情极度恶化也要活下去的五个理由"和这部电影的主人公的绝望、重生,到梦想实现这种种经历中。电影毕竟给人感觉有些虚,但当我企图用这部电影主人公的经历增加自己活下去的力量的时候,另一个人以鲜活的形象出现在了我的脑海里，她就是我前段时间，在镇残联组织的助残日活动中认识的黄莉姐姐。

黄莉姐姐她在"5·12"大地震中，被埋了九十六个小时，她以自己的儿子作信念支撑，在被埋废墟九十六个小时后奇迹般活了下来。虽然她是活了下来，但因为被埋压的时间太长，她的双腿高位截肢，左臂齐肩膀截去。

虽然距我和黄莉姐姐第一次见面已过去几个月了，但我仍然记得我们那次见面时，她给人的阳光，还有她身上那强大的坚强。虽然地震后她只有一只手了，但她依然会坐在轮椅上对人微笑。最让我感动的是，当她看到别人的精彩演讲，她也会用右手拍自己的胸脯的方式为人鼓掌喝彩。

虽然黄莉姐姐是这样的情况，她还带着残障人士做手工、搞羌绣，并开办了心启程残疾人服务中心。其实，黄莉姐姐能在那么大的灾难中活下来，她活着对别人就是一份沉甸甸的生命鼓舞，何况她还自己创业。现在想想她，我都觉得有点惭愧。

那个外国的轮椅画家，还有黄莉姐姐，她们都可以坐着轮椅好好地活下去。那我是不是也可以和她们一样坐在轮椅上生活呢？

"对啊，你从小就患了先天性的残疾，后来经历父母离异、奶奶去世、大地震，这些的这些你都经历过来了。难道现在一个轮椅就把你彻底打趴下了吗？你不是一直信奉，一条路别人可以走通，我也可以走通吗？"这时候，我心里那个声音充满自信地对我说道。

"是啊，难道坐轮椅就不活了吗？"当那个声音在我的心底响起后，我深深地叹了一口气在心里问自己。

也就是在那天晚上，我又坐在自己的笔记本电脑前写着日记。我在日记本上这样写道："'一切都过来了，还有什么可怕的呢？'这是电影《轮椅》里面的话。是啊，想想自己的轻生，其实最苦最难的时刻，我都挺过来了，我还有什么可怕的呢？按理说现在跟遭遇地震时候比，我已经幸福多了……

现在回想，一切的严重的问题，都是那样轻描淡写。我终于又恢复了往日的那种激情，我是真的走出了这次的阴霾了吗？当然，我也知道，这次我自己伤那么重，并不是一时半会就会好的，有些伤需要慢慢养……

　　但是我敢肯定的是，我已不再徘徊在死亡的边缘，甚至不再挣扎。我要活着，我得活着，因为我认为我是生活的强者，而不是生活的弱者。所以，我云星汐并不会以死亡来逃避……曾经那个轻生的星汐，那是被分裂了的，她不是我，呵呵。我非常高兴的是，我没有被她吞噬，反而我仿佛觉得我已经战胜了她……"

第十一章

荣 光

我的新书出版了

我决定活下去，而我活下去的第一个原因，就是要好好完成"我与奶奶"的这部书。我一头扎进了创作。可当2012年春天我创作完这部书的第一稿时，我因突然连续摔跤，在华西医院住院十八天后，被确诊为全身性肌张力障碍……

我放弃了原本可以得到的赞助和赞助出书的机会。我从医院出来后，抱着稿子，一家一家出版社去投稿。这时，我终于理解了"无头苍蝇"这四个字的深刻含义。有一段时间，我好像除了等，别无其他的选择。

一天，一个叫杨海明的人加了我，他自报家门介绍他是北京时代华文书局的编辑。他说他是在另一个编辑手里截下了即将被退的我的稿子，他深深地被我和奶奶的真情感动了，他会尽量帮我报选题。大概过了半个月，杨老师又给我发了信息，他跟我说："云星汐，你的选题通过了，如无意外，咱们近期可以签合同了。"我当即从电脑桌前一跃而起，我怀着极大的激动跟妈妈说，我的书稿通过选题了，我——云星汐写第一本书就有人约稿，而且不用一分钱的赞助就出书。

之后又一天，杨编辑在QQ里和我说："书名就叫《云上的奶奶》。"《云上的奶奶》，我非常喜欢这个书名，我甚至觉得这个书名就是为我这部书量身定制的。云，又高远，又给人一种梦幻之美……

这天中午，我正躺在床上睡午觉，听到我手机一声短信声，我立马就激动起来。因为之前，杨海明老师已经告诉我他拿到了实体书，并给我寄出来了。从那一刻起，我就一直期待着这部书的到来。我有些迟缓地从床上跃起来，然后摇摇晃晃跑下了楼，我迫不及待地拿着那包裹摇摇晃晃跑上楼。

然后我走到一个小房间，拿了一把剪刀，抱着那包裹有些艰难地走进了书房。我把包裹放到书桌前，我看着包裹，心里笑开了花……

我坐在书桌前，看着那个包裹静静地坐了一会，我暗自在心里对自己说："这——就是你自己敲打三年创作的书。"然后我拿起剪刀，很小心，也很慎重地把那个包裹打开，小心翼翼从信封里取出了书。

我用桌沿垫着书，用没有力气的右手轻轻拿着，然后我怀着激动的心情，用相对方便的左手从上至下轻轻抚摸这部书，这时我眼里含着泪。我的手指在书的封面慢慢滑过，然后我含着泪非常激动地在心里念道："这就是我辛苦三年，用一个指头一个字、一个字三易其稿创作出来的。"我沉浸在那种安宁的幸福里好一会，我叹了一口气，用颤抖的手拿着剪刀小心翼翼地沿着封书的胶纸剪出一条口来，这时我都不想用剪刀剪了，我就直接用手轻轻地撕。

书的封面很美，这符合我的风格。书的右下角是我坐在轮椅上，望着天空，而书的上端是一片白云，一个奶奶慈祥的笑脸被轻云薄雾画成。书的中间是"云上的奶奶"，旁边是我的名字，然后书名下面用淡蓝色的字体写着"一个女孩用单指敲出的治愈圣经"。它的旁边又是一排稍小的字，写着"每个孤立无援的人，都能从中找到前行的力量"。

当我含泪抚摸着小说的封面时，我突然想到了我这部书的指导老师，我的张大诺老师。我怀着激动的心情给老师打电话。电话打通了，我用激动的声音跟老师说："老师，我拿到书了。"

老师用一贯轻柔的声音，在电话那头对我说："星汐，祝贺你，等你拿到大批书的时候，别忘了给老师寄一本。"

给老师打了电话后，我又怀着同样喜悦而又激动的心情，把我拿到书的消息告诉了我的闺蜜龚莹，还有敏丹姐姐、传红姐姐。

之后，我就不想再跟任何人打电话了，我只想独处这段幸福、温暖、甜蜜的时光。我抱着书，从书房走到了我卧室的窗边，我尽可能把窗户最大限度地拉开，然后我把书立在窗台上。我望着天上那一朵朵云，在心里暗自对云上的奶奶说："奶奶，你看，我辛苦写了三年的书出来了。"说罢，我把手里的书尽可能地举向高处。这一刻，我感觉自己温热的泪从脸庞滑落了下来……

带着新书,去祭奠奶奶

拿到新书的第二天,恰好就是我奶奶去世九周年的忌日。这一天下着淅沥沥的小雨,我的状态也不是很好,感觉整个人软绵绵的,而且我现在已过上了轮椅代步的日子,这时出行对我来说变得极为不便。但无论如何,我还是让自己强打起精神,然后抱着我的《云上的奶奶》,打车去了奶奶的墓地。当我从车上下来的那一刻,我的心突然就蹿出一股冷,这股冷不再是单纯的悲伤,而好像是巨大的激动和巨大的感动交织在一起的……

我抱着书,一步一步缓慢地向安放奶奶的陵塔走去。我的奶奶并没有像多数人一样埋在墓地里,我们选择把她和爷爷安放在陵塔里。我在一个保安的陪同下,来到了安放爷爷、奶奶的六楼,然后保安很自觉地守在门口。我抱着我刚出版的那部书,带着一种很神圣的心情,走进了安放奶奶的那层陵塔。

我的爷爷和奶奶没有墓碑,这里所有安放骨灰的柜子仿佛都一个样子。只有柜子上不同的编号,显示出逝者与逝者的不同。但即使这样我还是很熟悉地就走到了爷爷、奶奶的跟前,然后我就跪在那里。

我双手捧着书,面朝爷爷、奶奶,然后用有些轻柔而又有些哽咽的声音对他们说:"爷爷、奶奶你们看,我写的书终于出版了。你们看见了吗?"我抱着书在那儿晃了晃。与此同时,我的眼前仿佛就真的出现了爷爷、奶奶的模样。特别是奶奶,我奶奶微笑的样子又那么清晰地出现在了我的眼前……

　　随后，我就把我的那本新书立在了他们的"碑"前，我特意用这样的方式，让奶奶可以近距离地看它。我依然有些严肃，又有些神圣地跪在那。这时，我的心里涌起一阵淡淡的伤感。

　　我跪在那，说："奶奶，谢谢您当初那么辛苦地将我挽留下。当我这三年细细地投入到这部书里，又重新感受了一次您对我的抚育，我才知道，我的生命来得是多么不容易。现在我的新书出来了。"说到这，我的嘴角很自然地向上翘了一下。

　　然后我又进入到那种神圣而严肃的状态里，我眼里含着泪继续说："奶奶，谢谢您把张大诺这么好的一个老师引到我的身边来。今天，我能捧着我的这部书来见您，多亏他对我的极力挽救。"说到这儿，我叹了一口气，若有所思地说："奶奶，我一直都相信我的大诺老师，是您冥冥之中给我引来的。"

　　"因为您的去世，还有后来遭遇的地震，我一度很绝望，我甚至企图轻生。如果不是大诺老师，我可能已经不在了……"说到这，我感觉我的眼泪滴落了下来。

　　我的眼睛又不自觉地看了一下我小说的封面。我看到封面上那个坐轮椅的"我"，这一刻，我眼里又重新蓄起了眼泪。我说："奶奶，我遭遇地震后，2012年我完成这部书稿的时候，我又罹患了一种新的病，叫全身性肌张力障碍叠加综合征。因病情的恶化，那年5月，我就过上了轮椅代步的日子……"这一刻，一种新的伤感袭击了我。

　　这一瞬间，我看到了立在那儿的新书，我整个人立刻就恢复了激情，我对奶奶说："但奶奶你放心，我不会再选择逃避了，我会选择勇敢地活着，面对我所有要面对的问题……"我觉得该说的我已经说完了，我就想站起来，这时我感觉我的双腿又麻又僵硬，我费了好大的劲才使自己爬起来。

当我一步一步地挪出陵塔，我竟发现天空居然放晴了。蓝蓝的天空，飘着一朵朵白云。离开了陵塔，我一边对着天空中的云在那喊，一边把书高高地举向天空大幅度地左右摇晃。"奶奶，我的小说出版了，奶奶，我的新书出版了。谢谢您，谢谢啦……"我喊着喊着，我的眼泪又流了下来……

爱之光芒

我已拿到新书了，然后我就按惯例，在都江堰市作家协会群说了一声："我的新书《云上的奶奶》出版了。"之后，作协群里就一片鲜花和掌声，作协副主席何民老师在群里说："小蚁蝶的新书出来了，我们要给小蚁蝶开一个新书发布会。"

我原以为何主席是跟我开玩笑的。因为何主席一直为人挺亲切，也一直对我挺好，所以我以为他只是随口一说。

没想到，后来文联副主席、作协名誉主席王国平王哥私信给我说，文联和作协这边准备为我搞一个新书首发式。我真的是高兴坏了。而且王主席一直很亲切地跟我协调发布会需要准备的一些东西，比如从北京调书过来，请发布会的记者。那段时间，也许是我长这么大以来，最充实、最开心，也是最忙碌的一段时间。

时间在忙碌而又开心的日子里总是跑得很快。很快，日子就到了8月30号这天，我第一本书——《云上的奶奶》的新书发布会就定到了这天。

这天，我特地给自己搭配了一身文艺范的装束，然后尽量早地开着自己的电动轮椅，来到了我的新书发布会现场。

文联为我布置的新书发布会现场在南桥广场。我刚一到现场，就看见一个很大的宣传海报，上面印着我的书的封面，《人民日报》《四川日报》《华西都市报》等上百家媒体鼎力推荐、被誉为"成都版"的海伦·凯勒、《云上的奶奶》新书首发式暨签售活动等字样……

那天上午十点，首发式准时开始了。我后面站了一排领导和嘉宾，等到场的领导和嘉宾挨个对我的首发式致辞以后，我的新书签售会就正式开始了。

我的签售桌上，一边摆了一摞书，书的旁边摆着我的新书签名章。这枚签名章是在我得知我的书即将上市之前，特地请"心灵史诗"的小丰林帮我设计，然后我找了一家淘宝店制作的。

在那种高兴、激动的时刻，我左手拿着签名章，我旁边还站着宣传部的董柳，她站在我旁边帮我拆书。我每盖章一本书，就对购我书的人说一声谢谢。我感觉自己那一刻的微笑绝对是灿烂的，而且我知道我的脸已经被扭曲得不好看了。

文佳军老师拿着一本书到我跟前，对我说："星汐，恭喜你喔，你有今天不容易。"我妈妈站在我的签售桌旁边，接着文老师的话说："是啊，她敲一本书，是不容易啊。岂止是不容易，而且是非常不容易。"

过一会，一张熟悉的面孔出现在我的新书发布会上，他就是看着我从小长大的宋叔叔。他微笑着走到我的签售桌前："星汐，祝贺你啊。恭喜、恭喜！"然后他一口气就买了我二十多本书。我在那个成功的、热闹的场景里看着他们的喜悦，我眼里含着泪，心里的激动和喜聚到了一块。

我对宋叔叔尽量展示着我的微笑，我在他翻开的一本又一本的书上盖上我一个又一个的签名章。我每盖一个，都在心里默默地说一声谢谢，我谢谢像宋叔叔这样看着我从小长大、一路给我关怀的有爱的人们。

之后，我的幺爸也来到了我的签售桌前，购买了五本书。家人对我的照顾一直都在。他帮我翻开书，然后指导我应该怎么盖。现场的人实在太多了，有记者采访，有很多的读者争相购买我的书。

再喜悦的时刻、再热闹的场景也终究是会过去的。我的新书首发式结束以后，有一个姐姐叫王曦梅，她是从2006年就开始关注、关怀我的记者。当我还没到发布会现场，她就已经到那等着我了。

她从发布会开始一直采访到结束，发布会结束后，她又跟着我到家里拍摄……

  当我和王姐姐坐在家里客厅时,她的摄像机就架在离我们不远的地方,她问:"如果现在,让你对天堂的奶奶说一句话。你想说什么呢?"

  也许王姐姐真的是一路看着我成长的姐姐吧,她的这个问题问到了我的心里,我很认真地对王姐姐说:"奶奶,我——您的残疾孙女,没有辜负你……"说完,我的眼泪就流出来了……

谢谢你，为我撑伞的陌生人

这天，刚吃完早饭，准备找点事情做，恰好这时我的手机铃声响了。"星汐老师，您好！我是某某组委会的，你已被评选上全国第九届残疾人运动会暨第六届特殊奥林匹克运动会的火炬手，现特通知你9月6号到成都双流某宾馆接受火炬传递的培训。"

当我听到这有些吃惊："什么？火炬传递？"

"是的，您已经被推选为全国第九届残疾人运动会暨第六届特殊奥林匹克运动会的火炬手。"我恨不得此刻就笑出声来，但我用更大的一种力量把自己内心的激动给压住了。

"等等，我怎么会就突然被评选为火炬手了呢？"

"是这样的，是你们都江堰残联理事长亲自推荐您当火炬手的。"

挂掉电话，我就一跛一摆地尽自己最大力在我的房间里跑，当我刚跑出去，我突然感觉自己站不稳了，我赶紧拉着扶手，然后在有些空旷的屋子里欢呼："耶！我被评选上火炬手了，火炬手！"我的思绪一触碰到这三个字，我都觉得无比神圣……

当兴奋过去，我赶紧拿起手机，给都江堰残联理事长发了条信息："何理：您好！我已接到组委会的电话，说是您亲自推选我当火炬手，谢谢您的举荐。谢谢……"

过一会，何理回信息给我说："星汐，你是如此优秀的一个女子，推荐你，是应该的。希望你继续努力！"当我看到这条信息，我激动得想跳起来。

时间，总是在期待中过得很快，转眼就来到传递火炬这一天了。此时，我已坐上了从宾馆去往传递火炬现场的大巴车。车窗外雨还在哗哗地下着，从那车窗上一条又一条地往下滑的水痕就知道。而我正坐在我那辆黄色的电动轮椅上，我的双腿上放了一个长方形的盒子，我双手轻轻地从这头至那头抚摸它。盒子里装的是我要传递的火炬，它对我来说是我成长至今最神圣的东西。

为了我们这些火炬手能更好地传递出风采，我们昨天就被接到宾馆学习火炬的相关知识，从学习中得知，我们今天传递的这根火炬叫勇敢的心。我就那样一会把它放在腿上轻轻地抚摸，一会又像抱小孩一样把它立着抱在我的怀里。

通过昨天的排号，我是第14棒火炬手。过一会，我传递火炬的点位就到了。当我在志愿者及妈妈的协助下从车上下来的那一刻，我就感觉雨滴一大滴、一大滴地滴落在我的身上和头上。这时，也顾不得这些只有先冲下去再说……

我按照昨天预演的，来到了我的点位。这时，我看到传递火炬的两旁的广告栏之外，都挤满了来看传递火炬的观众。雨，还在不停不歇地下，我刚到我的点位，就有几名现场的工作人员来到我的跟前。

在现场81名火炬手之中，我可能是比较特殊的火炬手。我的特殊不仅仅是因为我坐在轮椅上，而是因为我坐的是电动轮椅。我的右手没劲，而我稍微有一点点力气的左手一会传递火炬时，得操作电动轮椅的手柄。传递火炬，这一刻是多么神圣，我希望这神圣的一刻是由我自己开着轮椅走完的。所以，工作人员来帮我把火炬绑到我右手的扶手上。

我的轮椅扶手上预先装了一根用来撑雨伞的雨伞支架，然后把我的火炬固定在那雨伞支架上。雨伞支架上套了两个小的塑料圈，这样就不用担心我无力举起火炬了。我只需要轻轻扶着火炬的最底端，然后去传递火炬。

因为我特殊的身体状况，我得提前做好这些工作。此时天空仍然无情地把雨浇下来。我望着被绑到轮椅上的火炬,心里有些焦急了。虽然这火炬在有风有雨的情况下一样可以传递,但看着我心爱的火炬就这样被淋,我真不好受。

当我正在那儿担忧、难受时,我的头顶上突然就感觉到没有雨了。与此同时,我听见了轻柔的说话声。我往头顶上一看,一位男观众正打了一把大的黑伞,站在我的身后。他和我就隔了一个广告牌,他在外而我在内,他就那样给我打着伞,而我就像一只淋了雨的小鸟一样躲在他的伞下。

但是我不淋雨了,我的火炬还在淋雨。我为了能稍微保护一下我的火炬,我就把轮椅往左边开了一点儿,这样我的火炬就稍微能躲到一点雨。

正在我开着轮椅左摇右晃的时候,我突然听见为我撑伞的那位男士朝着右边的观众群招呼了一声,然后又一个打着那种黑色大伞的男子来到了我的后面。这样两个男子就同时撑起两把伞,我和我的火炬就都不会淋到雨了……

这时,虽然雨伞的寸土之外还在飘着雨,但我和我的火炬就都没有淋到。妈妈偶然转过身来看到了这一幕,她立刻掏出手机,为我拍下了这一刻的温馨。

而这时,我坐在轮椅上,又忍不住去望望绑在我轮椅上的火炬。现在,它也跟我一样被雨伞遮挡住风雨,我突然觉得心里很温暖。从头顶的雨伞,我听见雨还在一滴一滴地落……

此时,我脑海里回想着妈妈刚才拍下这一幕的照片。我心里甜蜜而幸福地想到,这一幕有点像我的人生里的某一些场景。其实,我虽有先天性脑瘫这样的残疾,后来又遭遇地震成了无家可归的流浪人,再后来我因罹患全身性肌张力障碍叠加综合征而不得不坐上轮椅,但在我的人生中却一直有这样在我淋雨的时候,默默为我撑伞的一群人。想到这儿,我的内心充满了爱和感恩的暖流……

传递圣火

我坐在那儿,心里温暖地躲在两位陌生人的伞下,当传递火炬的声音越来越大,我就知道要该我了。我的心也随着传递火炬越来越近的声音而沸腾起来了。

这时,一个穿着工作服的人带领我走到了街道的中央,然后我们在画有我传递火炬的14号号牌处停下。我停在那一会,就看见上一个火炬手领着火炬护跑队一步一步地朝我跑来了。

当我看见13棒火炬手缓慢而又神圣地朝我跑来那一刻,我都快激动得要哭了。整个传递火炬的路程其实不长,却有81棒火炬手,因此每一位火炬手,传递的路程都不长。当整个护跑队在上一名火炬手的带领下来到我的跟前,这个时刻正常的传递火炬过程应该是我拿着火炬跟第13棒的火炬手,我们火炬对火炬传递希望的星星之火。但是那一刻,真的是太神圣了,我自然也就陷入了一种不能自已的激动中。但因为我手不方便,又坐在轮椅上,一个穿蓝色运动服的护跑手就帮我把火炬从支架上取出来,然后拿着我的火炬跟第13棒的火炬对接。我看见那红红的火苗一下就在我的火炬上轰一声燃烧了起来。护跑手在帮我点燃火炬后,又帮我把火炬在支架上重新固定好,在他的指引下我把轮椅重新摆正。

然后我把轮椅调至最低挡,这样它就跑得比较慢。这一刻,是我生命中最辉煌的时刻,我希望自己握着燃烧着的火炬走慢一点。我右手扶着火炬,左手开着轮椅,然后听见后面的护跑队脚步整齐地跟在我的后面。这一刻,对我虽然是辉煌的，但天空中的雨似乎落得更为密集了。

就算天空中落着雨，就算从刚才到现在我已经被雨水淋透了，但这一刻，我却觉得我的心跟我燃烧着的火炬一样火热。因此，尽管雨水不大也不小地淋着我，但我一点也不感觉到冷。

我记得，昨天我们在参加火炬培训时，培训的讲师跟我们讲，传递火炬时尽量要使自己风姿飒爽一些。在传递火炬的过程中，可以跟两旁的行人挥挥手、微笑。一开始，我因为整个人都处在一种无可逃避的紧张中，我觉得我的微笑可能不好看。因为我在笑的时候，我感觉我的脸是有些僵硬的……

然而我一只手得开着轮椅向前走，我右手也得扶着我的火炬，那这样的一个我就只剩下微笑了。

此时，我想让传递火炬现场每一位观众都看到我的微笑。在我的前方，有专业摄像记者，在我的后面，是整个的护跑队。我强制自己放松，这时我才感觉，我笑时我的脸没有那么僵硬了。但此时，我内心的激动仍然在，我感觉都要笑出花来了。

在这种神圣、激动、喜悦的时刻，时间溜得总是很快。眼看我就快"跑"到终点了。这时，我就不再关注周围的环境，不再想护跑队，而就一边小心翼翼地开着我的轮椅，一边用一种无比崇敬的心去仰望在我火炬上燃烧的那熊熊的圣火。那熊熊燃烧的火，是光，是希望……

我能清楚地感受到，这时天上落的雨小了，而火炬上的火没有密集的雨滴冲刷，它仿佛比先前燃烧得更加炽烈、更加勇猛。那光、那希望也被一种能量燃烧得更加猛烈……

在那一刻，我顿悟了，这——仿佛就是我的人生。它一开始被点燃的时候，是有风雨相伴的，所以火炬的火焰虽然仍然在燃烧，但它是燃烧在火炬之外的，只要我在经历风雨的那一刻挺住，那风雨就会像此时此刻一样过去。然后，希望之火又会重新回到属于它的轨迹，熊熊燃烧起来……

很快我就举着火炬来到了下一个交接点，下一位火炬手已经在那儿等着我了。经历了火炬传递这一神圣的时刻，我突然变得很从容，我也没了最初传递火炬时的那份紧张。我把身体稍微向右边挪动，然后左手和右手一块儿抱着火炬的下端，把火炬轻轻地稍微向下一位火炬手倾斜，然后用我的火炬点燃了她的火炬。那一刻，我就在想，也许希望之光就是这样传递的吧！

荣光

这天吃过早饭,我就一步一步踱到了我的书房,来到了那个大书柜前。我又看见了我传递火炬的那张照片,当我的眼睛触到这张照片的瞬间,传递火炬神圣时刻的激动心情也随即瞬间回归。因为这一刻,值得我用一生去铭记!

我参加完运动会比赛回家后,我到淘宝上找了一家制作照片的,把好心人为我撑伞的那张照片和我传递火炬的照片制作成水晶玻璃的相框,摆到我的书柜里。

看着我传递火炬的那张照片,我的心里瞬间就泛起了一阵激动,我在心里美美地想着能被推选成火炬手,这是多么荣光的事啊……想到这,我的眼睛很自然地转向摆放在书房门口的茶几,那茶几上就摆放着我的火炬,传递完火炬后,它就归我了。

我轻轻地走到它的跟前,这似乎预示着某种神圣,然后轻轻地打开。现在的它,比我刚拿到它时更为神圣,因为它已经是经过圣火燃烧的。我将盖子揭开,然后用我那几根不方便的手指,小心翼翼地轻轻地去抚摸。

我还记得,传递火炬之前,传递火炬组委会跟我们讲过,每一个火炬手的火炬上都有一组只属于它的编号。也就是说,这份荣光对每个火炬手而言都是独一无二的。想到这,我真的很激动,我的内心像有一股股暖流在我身体里每个细胞间流转……

每当这时,我更愿意让自己徘徊在书柜前,我又在那儿凝视着摆在书柜里的照片。我看见别人为我打伞的照片，这一瞬间，我就感觉我的心被一种更大的温暖包围着。

这一张温馨的照片，让我想起在生活充满阴霾时，给我一路温馨的这些人。我脑海里此时想到那年春节，我的大诺老师来我家家访，也是在这个书房里。每年春节我和妈妈都会在我们家的窗户上贴一个福字，而老师让我站在那儿照了一张相，那是一张很温暖的相片。想到这张相片，想到老师，我庆幸这么阳光、温暖的一个老师居然能被我遇见。

在放照片的隔壁的一个书柜里放着我的小说《云上的奶奶》。看到这部书，我想到为我出书的杨海明老师。我至今都还记得，当我们的这部书选题通过了，我们在QQ里聊到这部书，我们谈到《云上的奶奶》将带给这世界一些很温暖的影响，就如冬日暖阳温暖着这个世界……

我的眼睛又止不住看了一下那个男子为我撑伞的照片，更多更多给过我温暖的那些人涌入了我的心间。他们是文化战线著名老诗人陈道莫爷爷、余华君老师、王国平主席及诸多关心我的领导和老师，还有残联各级领导及宋姐姐、黄莉姐姐；也许还有很多、很多我并没有提及，但是也曾给过我一力之助的人，他们都是在我生命中为我撑伞的人……

而恰好此时，一束光洒进了我的书房，我稍微挪了一两步，索性让自己站在那光里。我看着那光，突然感觉到我的眼睛被光炫得有些眩晕，但这样的感觉很舒服。我此时感觉我被一种思绪给牵着走，我回想这一生，我一出生就患先天性脑瘫，从小说话不清、走路不稳，我十二岁失去温暖的家庭，十九岁辍学，二十二岁我奶奶去世，后来遭遇地震，再后来我二次生病二次致残坐上轮椅，所以，混乱、迷失了。我很感恩我能遇到我的大诺老师，如果不是他，我现在又在哪里呢？

除了感谢大诺老师、杨海明编辑以及都江堰市文联、残联等单位对我的帮助，我最感谢的还有自己。我的耳边好像又隐隐约约响起了郭蓉的那首《荣光》，我很感谢自己在经历了那么多种种的苦难后，仍然能从一个又一个的苦痛中走出来。

我迎着那束光，一步又一步地朝着窗口走去："沉默的坚强，喜悦的感伤，每一种情感都是力量，推倒这堵墙，种一颗希望，为每一颗心找一个家，多么熟悉你的笑脸，仿佛相见，仿佛一直在身边……放飞了理想，地久天长……自由的心儿，获得解放……"这一刻，我突然很感动，我很感谢曾经对我伸出援手的那些人，更感谢自己这一路的坚持。

这时，照耀着我的这束光好像更加亮堂了。一瞬间，它把我的整个书房照得通透，而我在里面感受到更大的温暖和光亮……

后记——黎明之光

（一）

在写这部书之前，我一直抵触某些东西。从我十九岁决定踏上写作这条路时，我就决定当一个作家——一个残疾了却又不愿只禁锢于"残疾"，一个想跳出"残疾"二字的真正的作家。基于这样的一个因素，我决定我必须要跳出一个"圈"，就是残疾人除了自身的苦难，好像并无其他可写。所以，当我的人生导师张大诺先生要我写这样一部小说时，我用沉默对待他，这样的沉默在我这持续了一年。

因为我确实不知道这样一个渺小如蝼蚁的我，一个曾经因脑瘫这样的怪异残疾沉溺在一个又一个的苦难中的我，除了自己的那点痛、那些苦还有什么可以写？

老师说，写你如何从一个个痛苦走出来的。我想我曾经这样痛过，甚至是痛得快死了。虽说，最后我像抵御癌症一样，抵御着我曾经的那些痛苦，我用十年，甚至是更久的时间走出来了。

但在写这部书之前，我只是因时间的年轮而被拉离了那一个个苦难，我也只是随着时间的隧道而逃离了那些苦难而已。我想没有人会在经历过苦难后，想要再去触碰，甚至踏入那些苦难的泥坑。因此，我觉得大多数和我一样沉溺于苦难的人，于苦难，都只是逃离而不是真正的走出。当我被我的张大诺老师"命令"着去写这部小说的时候，我才决定，我应该用一种认真的、积极的态度去对待我曾经历经的那一个个苦难。

我的笔名，叫蚁蝶，这是母亲大人赐的。我想一个人、一个残障人士，想要破茧成蝶，是需要经历痛苦的。曾经因这身患脑瘫的残缺身体，残破的家庭，十九岁大学梦破灭，二十二岁我生命中的至亲——我的奶奶去世，2008 年的无家可归，直到 2012 年厄运再次降临，我陷入了苦难的漩涡，心里的伤因一次又一次的苦痛叠加，最后它已使我不能承受生命之重。于是，我选择了决绝的方式来面对这决绝的命运。我真是差一点就陷入了沼泽走不出来了，但我依靠自己的力量，也依靠大诺老师给我的力量走出来了。那我是不是应该告诉人们，特别是像我一样的脑瘫女孩，这条我们看似走不通的路，只要我们愿意让自己沉静下来仔细找，其实我们是真的可以在迷乱中找到一个属于自己的出口的。

当然，这过程是艰难的、痛苦的。我发现，我们想要走出痛苦，需要去抽丝剥茧，哪怕痛到令人窒息，也要坚持走出来。当你坚持住了，走过了所有的疼痛，那海边黎明的曙光就一定会属于你的。

而当你在这一个又一个的"抽丝剥茧"的过程中，虽痛，甚至有时感觉把自己都撕得血淋淋的，但当你走出时，你会感觉一股股清新的力量，重新注入你的体内。那感觉就像当一个人从一个个黑色的痛苦走出来后，看到了海边第一缕阳光时，这一刻内心的欣喜是可以强大到无敌的……

（二）

一个作家的手和一个钢琴家的手是同等重要的，无奈我自 2012 年罹患全身性肌张力障碍叠加综合征时，我不但过上了轮椅代步的日子，我的手打字的状况也有所恶化。现在我打着打着字，左手就整个麻木掉了。基于这个问题，我曾经想过用一根筷子来代替我的手指。我操作着筷子打字，却发现我的筷子跟不上我的创作思维，无奈我只有丢弃筷子，坚持用我笨拙的手指在键盘上舞蹈。我因想跟着脑子里连贯的思绪跑，我的手指就掉到了"停不下来"的状态里，活脱脱就变成了一根敲字的木棍，我就看见我的手指如一根木棍一样，在键盘的方寸之间舞蹈……

我现在的进度，憋足劲一天可以完成三千多字。这三千字是我从早上坐到中午，中午小息一会后坐到下午，晚上再坐到深夜这样换来的。而我的文思好像就跟我残破的身体作对一样，它到了夜深人静的时刻，仿佛显得更活跃。为了抓住灵动、活跃的思绪，让自己尽可能创作出好的作品，我就用喝咖啡的方式提神。令我满意的作品在我一个手指一下下敲击键盘后倒也出来了，但是我的身体的状况却因此越来越糟糕。这部小说已是我创作的第三部小说了。现在我的腰已越发无力，我稍微坐久一点我的腰就会特别痛，为缓解腰痛，我就从网上买来一个实木腰垫，我的腰必须靠在那儿我才稍微好受一点。当《云上的奶奶》出版后，《四川日报》的记者采访我的新闻稿的题目就是"他们用生命书写生命"。因为对文字的极致热爱，我愿意用生命去书写出有生命灵性的文字。

我不知何时因何故添了头痛的毛病，可以说我文中的一半的文字都是在我头痛欲裂的状态下写完的。在那样的状态下，我的力量是要分成三股的，一股来对付我的头痛，一股来对付我残破的身体，除此之外我还得把更多的精力留给我的这部书稿。因为这部书稿，既然是从身、心、灵各方面的痛苦走出，我在写这部书时，我一直在尝试着去做一种努力，就是尽量深入"心"和"灵"这两个部分，但这样的话，似乎就更费脑力。当我的思绪进入一个深度思考的层面，我头痛的毛病也就更猛烈了。

写作是需要安静的，而当我把这部书定位到"心"和"灵"的这两个字时，这种创作更需要绝对的安静。所以我在写这部书的时候，我多数是把自己关在房间里，给自己营造一个相对"安静"的环境。我时常放着班得瑞的轻音乐，让自己的思绪处于"豁然开朗"的一种空灵的状态来写这部书。

（三）

对于"心灵史诗"的成员能跟张大诺老师见面，那是让人无比激动的事。而这样让人激动的事，截至现在发生了三次。当2017年6月，我的微电影《云上的奶奶》拍摄完成后，再次跟大诺老师见面时，我真的是惊喜坏了。

我跟张大诺老师见了三次，而好像这一次，我可以和老师"坐而论道"了。然而，就是这次的"坐而论道"，又是一次新征程的开启。我跟老师在都江堰一条美丽的河边约定，我将完成这样一部书——一部一个脑瘫女孩经历了所有身、心、灵的痛苦，然后从阴霾走向阳光的书。

我将用两年的时间来完成这部书。当老师让我用两个指头比出"二"时，我笑了笑。老师以为我不认真对待和他的约定。但我笑的是，我又被老师"逮着了"。后来当老师离开后，我认真地思考了一下，这真不是一本容易的书。老师也似乎感觉到我的难，他耐着性子一等再等。直到一年后，老师说，陈媛你的书已经不能再等了，必须得开始了。

当我刚动笔创作这部书的时候，老师发给我一则《脑瘫女孩被父亲爷爷推下河溺亡》的新闻，说实话这则新闻触及了我的灵魂。

老师似乎用这样的方式"逼"我去潜心创作这部书。于是，我对于这部书再也不敢马虎。那一刻，我决定把心沉淀下来，在老师的带领下去好好地完成这部书。

上本书，老师在指导我时，我们多数用邮件，现在我们用微信。如果说老师在指导我创作《云上的奶奶》时，是把我从人生的泥潭中拉出来，那我们写这部书的时候，我感觉是老师带着我朝光的地方走去了。他以此书，带我走上了一条光明大道。

在上部书的后记里，我好像提过大诺老师在拯救我的那段时间，有时晚上七八点还在帮我疏导我的心理问题。这次也一样，老师就为了给我指导这部书稿，他晚上七八点还在跟我用微信讨论。

老师也在带着其他的学生去探寻中国的博物馆。所以很多时候，从老师给我发来的语音中，我都听见老师好像在火车上或在旅途中，甚至，有时候我能从老师给我发来的语音里，听到街上那种很嘈杂的声音。由此可见，老师也许是在见缝插针地指导我写这部小说。但我觉得，老师他无论在何时何境都在尽心尽力指导我写这部小说。而且，这都是发生在七八月份的酷暑天。也就是说，老师在酷暑天不仅因他自己的事东奔西走，还得见缝插针地为我指导写作。

但老师在任何时候、任何的境况里，声音都是非常平和的，都是不急不躁的。其实，我很愿意回归到被老师指导写作的状态中，因为我又能听见老师那轻柔、温和的声音了。

（四）

"妈，我的社保有问题，您帮我去社保局跑一趟。"

"妈，哪儿邀请我去做活动，我需要您陪我去。"

"妈，我的包裹在楼下，帮我拿一下。"

……

以上如此的对话，是我和母亲最平常生活里常常有的对话。自从我罹患全身性肌张力障碍叠加综合征，我的行动渐渐不便后，我的生活大部分都得依附于我的母亲。

如果冬天冷一点衣服穿得多的话，我连脱衣服这种小事情都需要我妈妈给我代劳。有时，甚至觉得我年近六十的母亲，还得像照顾婴儿般照顾我。

每天下午吃了晚饭，妈妈总会拉着我在我家那个大客厅里转悠，我行走困难她就扶着我走。我 2012 年被检查出罹患全身性肌张力障碍叠加综合征时，我妈妈就为我买了那种可按摩颈部、背部、臀部的按摩椅。当我行走都困难时，我妈妈就会把我扶到那按摩椅上，对我进行按摩。

长期坐在电脑前创作，颈椎和腰椎是最受力的。有那么一段时间，我的颈椎出了比较严重的问题，我的颈子抬都无法抬起来。母亲也知道，我一旦沉浸在写作中，什么也阻止不了我，无奈，母亲就只有从网上买来颈部按摩仪为我按摩。

我很想对母亲说："母亲，您辛苦了，残疾的女儿让您受累了。"我又不想跟母亲只说"谢谢"，因为母亲给我的爱，只用"谢谢"两个字太轻、太轻了，但除此之外，我还有什么力量给予母亲其他……

创作这部小说，除了对照顾我衣食住行的母亲有无上的感谢以外，我还得感谢都江堰市幸福街道幸福社区的领导和同仁。为了书稿创作，我在书屋没事时，大多数时间都是躲在家里写作。因为我说过，我想我的这部小说整个构架更接近于"心"和"灵"这两个层面，这就需要绝对的安静，所以我的书屋很多时候是请社区的工作人员帮我照看的。

（五）

创作这部小说时，我已带着脑瘫这怪异的残疾在这世上混迹了三十六载。曾经，有一段时间，有人说我有心理问题。我表面不承认，其实我知道我不但心理有了问题，其实我的整个灵魂都好似出了问题。

人在最关键的时候，其实只有靠自己才是最为牢靠的。所以，我觉得我必须停下来，去跟着我的大诺老师一块，进行一次自我灵魂的修复。这样的话，才可能完成又一次的灵魂升华。

在跟朋友小汐谈到我的创作时，我说："我既然提笔创作这部小说，我就把自己当成一个有罪的人来创作。"是的，很多时候，我都把自己当成一个罪人。我因为先天的残疾、幼时的家庭破碎、辍学、地震以及后来的生病，在这些苦难中我迷失了，我软弱了，甚至想到了放弃，这些都是我的罪孽。所以，我就怀着一颗虔诚的心，去真诚地"静思己之过"，希望在这样贴近

"心"与"灵"的自我反思的创作中，重塑自我的灵魂。因为我知道，人只有实现自我救赎、自我醒悟，才可能去福己及人。

这次的创作对我而言，更像是一次心灵的探险。因为，我想让自己尽量地进到灵魂的深处，去撕开曾经的一个又一个早已结痂的伤，然后带着一颗虔诚的心，带着我所有的智慧和思考，让自己小心翼翼、平平稳稳地再一次从一个个痛苦中走出来。

这样做似乎有些危险，我不知道我到底有没有那种自我救赎的力量？我的自我救赎的能量到底又有多大？它到底能不能大到把我又一次从一个个苦难中救出来？我一度担心，我在写哪个痛苦，会又跌入哪个痛苦的漩涡中。

但事实向我证明，岁月对一个人的历练好像从来都不会白费。我现在还能够阳光地活着，活在一个个痛苦之后，我就知道——我再也不会被那些痛苦的沼泽所吞噬了。现在，我用心带着我的灵魂深入我的一个又一个痛苦，然后又从一个又一个痛苦中走了出来。我走出来后，才觉得我的内心豁然开朗，因为我又看到了一种光，一种新生的、黎明之光……这样，才有可能完成自我救赎。在这种自省和自我救赎的过程中，经过化蛹成蝶的痛苦，接近度己及人的美好愿景……

图书在版编目（CIP）数据

半边翅膀 /陈媛著. —北京：华夏出版社有限公司, 2021.6
ISBN 978-7-5222-0055-2

Ⅰ.①半… Ⅱ.①陈… Ⅲ.①长篇小说-中国-当代 Ⅳ.①I247.5

中国版本图书馆 CIP 数据核字(2020)第 244261 号

半边翅膀

作　　者	陈　媛	
责任编辑	蔡姗姗	
美术设计	李媛格	
责任印制	周　然	
出版发行	华夏出版社有限公司	
经　　销	新华书店	
印　　装	三河市少明印务有限公司	
版　　次	2021 年 6 月北京第 1 版　　2021 年 6 月北京第 1 次印刷	
开　　本	710×1000　1/16	
印　　张	16.25	
字　　数	150 千字	
定　　价	58.00 元	

华夏出版社有限公司　地址：北京市东直门外香河园北里 4 号　邮编：100028
　　　　　　　　　　网址：www.hxph.com.cn　电话：（010）64663331（转）
若发现本版图书有印装质量问题，请与我社营销中心联系调换。